# Summerfeelings

*und plötzlich war da mehr ...*

von Emma Smith

AF284018

# Vorwort

Lieber Leser, liebe Leserin,

bevor ihr mit Adrian und Hannah beginnt, möchte ich euch den „optimalen" Platz für „Summerfeelings" beschreiben.
Er ist in der Natur. Auf dem Balkon oder in eurem Garten. Ihr liegt oder sitzt bequem in einem Gartenstuhl. Die Sonne scheint oder ihr ignoriert die grauen Wolken am Himmel und tut so, als wäre dort die Sonne zu finden.
Dazu empfehle ich euch einen Smoothie, kalt und fruchtig. Was gibt es Besseres?

**Mein Rezept dazu:**
*1 kg Erdbeeren*
*1 Liter kalter Orangensaft*
*3 Bananen*
*1 Löffel Honig*

Alles mixen und fertig ist der Smoothie für den Sommer.

Ach, und falls ihr „Summerfeelings" lest und ihr befindet euch bereits im sonnigen Süden, dann hoffe ich mal, dass euch auch jemand in den Pool schubst. Habe gehört, das soll eine perfekte Möglichkeit sein, neue Leute kennenzulernen.

Und jetzt ganz viel Spaß mit meiner sommerlichen Novelle.

Eure Emma

**Impressum**
Emma Smith
c/o AutorenServices.de
König-Konrad-Str. 22
36039 Fulda

Lektorat/Korrektorat: Katrin Schäfer
2. Korrektorat: Anna Werner
Covergestaltung: Sabrina Dahlenburg
Satz & Layout: Laura Newman
- design.lauranewman.de -

Herstellung und Verlag: BoD – Books on Demand, Norderstedt
ISBN: 978-3752880526

# Prolog

*Vor drei Jahren*

Es war eine heiße Nacht in London. Obwohl es bereits spät in der Nacht war, klebte mein Kleid praktisch an mir. Vielleicht lag es auch daran, dass ich gerade mit in seine Wohnung gegangen war. Ich war zwar angetrunken, wusste aber dennoch, was ich da tat. In meiner momentanen Situation war mir das aber egal.

Er war mir sofort aufgefallen, als er in die Bar gekommen war.

Gut, vielleicht sprachen mir die vielen Drinks auch Mut zu, aber hey, ich würde es nicht bereuen. Nicht heute!

Ich konnte kaum etwas sehen, die Wohnung lag noch in völliger Finsternis, als er die Tür hinter sich schloss.

Vielleicht war das doch keine so gute Idee ...

»Du siehst umwerfend aus, selbst jetzt«, sprach er mit mir, und ich spürte seinen Blick auf mir ruhen. Ich grinste.

»Du kannst mich doch gar nicht richtig sehen.«

»Und? Komm her.« Er griff meinen Arm und zog mich an seinen Körper. Seine Lippen trafen auf meine und die Leidenschaft brach sofort aus uns heraus.

Ich zog ihn zu mir, während er mir seine heiße Zunge in den Mund steckte. Gott, schmeckte er himmlisch.

Er hob mich hoch, drückte mich an die Wand. Es zerbrach etwas. Eine Lampe?

»Kümmere dich nicht drum«, knurrte er zwischen unseren Küssen und trug mich weiter. Ich vertraute ihm, obwohl es dunkel war, und er allein mit seinen Armen mein Gewicht hielt.

Nach ein paar Metern ließ er mich herunter, und ich erkannte, dass er mich in sein Schlafzimmer gebracht haben musste.

»Zieh dein Kleid aus«, befahl er mit rauer Stimme.

Ich fühlte mich wahnsinnig sexy und überlegte keine Sekunde. Ich grinste und streifte die Träger von den Schultern. Mein Kleid fiel zu Boden.

»Verdammt«, gab er als Antwort, und ich konnte ein Kichern nicht verbergen. Er zog seinen Gürtel aus und die Hose, das konnte ich sogar im Dunkeln erkennen. »Den ganzen Abend bist du mir schon aufgefallen, und jetzt komm her!« Ohne zu Zögern presste ich wieder meine Lippen auf seine.

Ich brauchte das jetzt, auch wenn das alles so nicht geplant war. Seine Erektion berührte meinen Bauch. Er war mindestens einen Kopf größer als ich. Auch wenn es ziemlich finster hier drin war, konnte ich seine Augen erkennen, die jede Bewegung von mir in sich aufnahmen.

Die Muskeln, die sich den ganzen Abend über durch sein Hemd erahnen ließen, konnte ich jetzt direkt fühlen.

Und dann sein Aussehen ... Verdammt, er war so was von heiß.

»Ich kann nicht mehr warten«, seufzte er in mein Ohr und ließ mich aufs Bett fallen. Ich konnte es auch nicht mehr. Ich war sowas von feucht, dass ich dachte, ich würde gleich dahinschmelzen. Die Matratze bewegte sich leicht, er saß neben mir, und ich spürte seine Hand an meinem Slip. »Du bist bereit.«

»Und wie«, lächelte ich und er führte seine zwei Finger in mich ein. Ich stöhnte auf. Er küsste mich und fickte weiter meine Muschi. Das fühlte sich so gut an.

Während er weiter machte, zog er mir mit der anderen Hand meinen Slip aus. »So feucht«, stöhnte er und begann wieder mich zu küssen. Er roch nach dem Whiskey, den er in der Bar getrunken hatte, und nach seinem Aftershave.

»Nimm mich«, stöhnte ich ihm zu, während er immer schneller seine Finger in mir bewegte.

»Nichts lieber als das!« Er zog seine Finger heraus, was mich gedanklich aufschreien ließ, so sehr fehlte es, doch als ich seinen Schwanz an meinen Schamlippen schon fühlen konnte, war die Vorfreude noch größer.

Tu es, fick mich, flehte ich stumm. Bevor er mich weiter um den Verstand küsste, spürte ich seinen Schwanz an meinem Eingang, dann stieß er mit einem Mal kräftig zu. Ich stöhnte laut auf.

Er füllte mich vollkommen aus. Unglaublich.

Die Sonne ging bereits auf, als ich meine Augen aufschlug. Dieses Zimmer ...

Wo war ich?

Das Schlafzimmer war definitiv nicht meins! Instinktiv schaute ich neben mich und erstarrte.

Ich sah neben mir ihn liegen. Dessen Namen ich immer noch nicht wusste.

Genau! Letzte Nacht war ich in dieser Bar gewesen. Oh Gott.

Wieder schaute ich zu dem Kerl, der auf dem Bauch schlief. Er schlief. Es würde mich nicht überraschen, wenn er unter der dünnen Decke ganz nackt wäre. Sein dunkelblondes Haar fiel mir wieder ins Auge.

Er war eigentlich nicht mein Typ gewesen. Ich bevorzugte dunkelhaarige Männer. Aber seine grünen Augen, dazu sein markantes Gesicht mit diesem intensiven Blick, mit dem er mich gestern Abend angesehen hatte, löste in mir das Verlangen aus, ihn haben zu wollen. Und er wollte es genauso. Dazu kam natürlich der Frust, den ich mit in diese Bar gebracht hatte.

Jetzt sah ich auf mich herunter. Ich war nur noch mit BH bekleidet. Na wenigstens der ist mir geblieben. Meine Würde dagegen ist dahin!

Seufzend fasste ich mir an die Stirn. Jetzt, einige Stunden später wurde mir bewusst, was ich für einen Mist gebaut hatte. Ich hatte mit einem wildfremden Kerl geschlafen, dessen Namen ich nicht mal kannte.

Und das, obwohl es Chris in meinem Leben gab! Oder war das eine Racheaktion? Ich war nicht ohne Grund gestern in dieser Bar und wollte mich betrinken. Der Typ neben mir schnaufte laut auf. Oh Gott, was ist, wenn er jetzt aufwachte? Ich muss hier raus. Aber schnell.

# Kapitel 1

## Ein wohl verdienter Urlaub

### - Hannah -

*Heute*

Es war eine Affenhitze hier auf Rhodos.

Julia, meine beste Freundin, und ich saßen im Taxi, um zum Hotel zu kommen. Wir landeten mit der Maschine in der Mittagssonne, und ich war so blöde, und hatte mir eine lange Jeans angezogen. Julia trug natürlich ein sommerliches kurzes Kleid. Wieso war ich immer diejenige von uns beiden, die immer Pech hatte? Man kann es auch falsche Planung nennen, aber es zugeben? Niemals.

»Ist das heiß«, stöhnte ich.

»Wir sind gleich im Hotel. Dann kannst du dich umziehen,« antwortete sie.

»Hoffentlich«, murmelte ich. Ich bemerkte Julias Blick.

»Wehe, deine miese Stimmung bleibt so. Es ist dein erster Urlaub seit Jahren, und wir werden nicht mal für die Zimmer zahlen müssen. Wer kann das schon von sich sagen?«

Sie hatte ja recht. Ich war die ganze Zeit mies gelaunt, das war nicht fair von mir. Immerhin war das unser erster gemeinsamer Urlaub.

Als Julia mir das mit dem Urlaub vorgeschlagen hatte und sagte, sie kenne jemanden im Hotel auf Rhodos, der uns womöglich zu einem ermäßigten Preis das Zimmer überlassen könnte, oder sogar für ganz umsonst überlassen würde, sagte ich sofort zu.

»Tut mir leid, nur Chris hat sich letzte Woche gemeldet, und ...« Doch sie ließ mich nicht mal ausreden.

»Das will ich nicht hören, Hannah,« antwortete sie abrupt.

»Aber ...«

Jetzt drehte sie sich zu mir um und sah mich mit warnendem Blick an.

»Chris ist dein Ex, Hannah. Er ist ein Arschloch, und wird es auch noch in den nächsten 10 Jahren sein. Als Warnung: Ich werde mir den Urlaub keine Gespräche antun, die nur ansatzweise was mit diesem Kerl zu tun haben, okay?«

Ich nickte. Ich war einfach nur nervig. Und sie hörte sich das schon zu lange an.

»Du hast wieder mal recht.«

Julia nickte und zog sich ihre Sonnenbrille wieder auf. »Natürlich hab ich das.«

Ich sah zu dem Taxifahrer rüber, der stumm seine Arbeit erledigte, und uns zügig zum Hotel brachte. Aber der Blick, den er mir über den Rückspiegel zuwarf, sagte alles aus: Dummes Ding - und ich konnte ihm nicht mal widersprechen.

Als er endlich hielt, staunten wir nicht schlecht. Das Hotel war riesengroß. Es besaß mindestens zehn Stockwerke, die Fassade wirkte gepflegt, die Blumen vor dem Hotel sahen unglaublich schön aus.

Der Eingang war genauso überwältigend. Glastüren ließen einen Einblick in die Lobby zu. Wow, das musste mindestens ein Vier-Sterne-Hotel sein.

»Hab ich dir zu viel versprochen?«, fragte Julia mich und stieg mit mir aus dem Taxi.

»Das ist der Wahnsinn,« hauchte ich.

»Cindy sagte mir am Telefon, dass es ein riesengroßes Ding ist, aber das hier ist echt der Hammer«, staunte Julia weiter.

Ich sah mich um und entdeckte gegenüber vom Hotel einige Läden und Restaurants. Der Strand musste direkt hinter dem Hotel sein, wenn ich mich nicht irrte.

Der griechische Taxifahrer holte unsere Koffer aus dem Kofferraum, und nickte überfreundlich.

»Dankeschön. Hier.« Ich gab ihm ein paar Euro-Münzen.

»Ich danke Ihnen«, antwortete er mir mit Akzent.

»Los komm, ich will unbedingt alles sehen«, kicherte ich vor mich hin, und zog meinen Koffer mit mir.

»Da kann es wohl kaum einer abwarten, was?«

Ich zog meinen Koffer die vielen Treppen hoch, als mir ein junger Mann diesen plötzlich abnahm. »Das mache ich schon.«

Sein Englisch war gut, er musste der Concierge sein, und sah wirklich toll aus. Was sicherlich förderlich war für diesen Job. Dunkles Haar, atemberaubendes Lächeln. Der perfekte Südländer.

»Danke«, antwortete ich verblüfft.

»Kein Problem, Miss.« Er setzte sein gekonntes Lächeln auf. Sehr zuvorkommend.

»Hier, meinen können Sie auch nehmen«, seufzte Julia und gab ihm beiläufig ihren Koffer.

Typisch Julia, sie hält alles für selbstverständlich.

Der Concierge ließ sich nichts anmerken.

»Gerne doch, Miss.«

Bepackt mit den zwei verdammt schweren Koffern folgten wir ihm. Als wir in die klimatisierte Lobby kamen, seufzten wir beide auf vor Erleichterung.

»Das ist ja noch geiler«, schimpfte Julia und sah sich wie ich, um.

Die Lobby war riesig. Der Marmorboden war elegant, die Sofaecke, bestehend aus Ledercouch und Glastisch ergänzten die Lobby harmonisch.

Die Rezeption war mindestens zehn Meter lang, momentan saßen nur zwei Leute dahinter. Gut, niemand außer uns würde in der späten Nachmittagssonne anreisen!

»Zum Einchecken müssen Sie sich hier anmelden, Miss«, erklärte der Concierge uns.

»Eigentlich warten wir noch auf Cindy, ich meine, äh, Miss Boon. Sie arbeitet hier«, erklärte Julia ihm, und er schien verstanden zu haben, weil er nickte.

»Ich hole Sie, einen Moment, Miss.« Dann verschwand er nach hinten.

Ich ließ die Koffer bei Julia und lief auf die andere Seite zu den Fenstern. Draußen befand sich der Pool.

Unzählige Leute saßen dort, sonnten sich, quatschten oder sprangen ins kühle Nass. Dahinter konnte ich den Strand entdecken. Ein paar Palmen vervollständigten das Bild.

Was für eine Aussicht ...

Julia stellte sich zu mir.

»Das war eine tolle Idee, Julia. Wirklich«, lobte ich ihren grandiosen Einfall. Vergessen waren die Gedanken etwas in London zu verpassen, wenn ich im Urlaub wäre.

»Jupp, muss ich mir mal selbst auf die Schulter klopfen«, grinste sie zufrieden und verschränkte die Arme vor der Brust.

Wir waren wirklich grundverschieden. Sie, blond, große Brüste und machte wirklich täglich was aus sich, sodass alle Typen ihr hinterher liefen.

Und ich war brünett, kleiner als sie, und ab und an fand ich mal die Motivation mich zu schminken. Kajal und Wimperntusche musste halt einfach mal reichen. Undenkbar für Julia.

»Julia, du hast es geschafft!«, ertönte aus der anderen Richtung eine Frauenstimme und wir drehten uns um.

Cindy war klein und moppelig und war Geschäftsführerin dieses Hotels. Ich kannte sie nur flüchtig. Julia war mit ihr auf der Universität gut befreundet gewesen, bis Cindy dann nach dem Abschluss ins Ausland ging, und nun hier arbeitete. Jetzt bot sie Julia vor ein paar Tagen an, dass sie mit jemanden hier urlauben könnte.

»Cindy, hey. Danke für die Einladung.« Die beiden umarmten sich kurz, und Cindys Blick fiel auf mich.

»Du musst Hannah sein, richtig?« Wir hatten uns doch mal kennengelernt. Muss sie wohl vergessen haben.

»Ja, bin ich,« begrüßte ich sie, ohne das anzusprechen.

»Schön, dass du mitkommen konntest. Wie gefällt euch mein Hotel?«

»Super klasse«, antwortete Julia begeistert.

»Ja, wunderschön«, antwortete ich ihr.

Cindy nickte stolz. »Ja, es ist schon mein kleiner Schatz.« Sie sah sich verträumt um. Dann sie wieder uns an. »Kommt jetzt erst mal mit. Ich zeig euch eure Zimmer. Sie werden euch gefallen. Ganz sicher.«

Und sie würde recht behalten. Die Zimmer waren der Hammer!

Cindy stellte uns sogar beide ein eigenes Zimmer zur Verfügung. Beide Zimmer bestanden aus Bett, Minibar, Kaffeeautomat und einem riesigen Flachbildschirm. Nicht zu vergessen mit einem riesengroßen Balkon, der für Meerblick sorgte. Es war wie im Himmel.

# Kapitel 2

Ein gelungener Abflug ...

- Hannah -

Nachdem wir uns umgezogen hatten, und ich mich für ein knielanges Kleid entschieden hatte, stiegen wir in den Lift ein. Wir wollten uns noch eine Weile an die Poolbar setzen, etwas trinken, und den Tag ruhig zu Ende bringen. Der Flug hatte mehr als vier Stunden gedauert, dann die unangenehme Fahrt hierhin, weil ich mich für eine Jeans entschieden hatte ...

Ich hatte mir mein langes Haar hochgesteckt. Offenes Haar bei den Temperaturen war einfach nichts. Cindy gab uns die Zimmer in der höchsten Etage, damit wir auch wirklich den schönsten Ausblick hatten. Sie war wirklich großzügig.

»Erst mal ein paar Drinks, All-inklusive natürlich«, lächelte Julia vor sich hin. Als die Türen sich zur Lobby öffneten und wir hinausgingen, blieb Julia plötzlich stehen. »Nein.«

»Was denn?«

»Justin?«, rief sie grinsend. Wer zum Teufel war Justin?

Ein dunkelhaariger und verdammt gut aussehender Kerl stand direkt vor dem Fahrstuhl und er umarmte Julia leicht.

»Julia, was machst du denn hier?«

»Na, Urlaub machen, was sonst. Justin, das ist meine Freundin Hannah. Hannah, das ist Justin. Er ist der Schwager meiner Schwester.«

Julias Schwester April hatte letztes Jahr geheiratet. Sie war jünger als Julia und somit musste ich meine beste Freundin erst mal trösten und sie aus einer Bar rausschleppen, weil sie sich die Kante gegeben hatte. Noch heute war sie nicht wirklich gut auf ihre Schwester zu sprechen.

»Freut mich Justin.« Er gab mir einen festen Händedruck, und für einen Moment musste ich einfach in seine intensiven blauen Augen schauen.

Wow, er war wirklich süß.

»Ich hoffe, ihr habt Spaß.«

»Und was machst du hier so? Sieht eher nach Geschäftlichem aus?«, stellte Julia ihm die Frage und bemerkte seinen Anzug, den er trug.

»Ja, ich bin mit meinem Geschäftspartner hier. Wir versuchen an einen Auftrag ranzukommen.«

»Ach ja, du machst in Werbung.«

»Genau. Kannst dich also noch erinnern.«

Julia nickte. »Klar. Hannah und ich wollten an die Bar, etwas trinken. Vielleicht hast du auch Lust?«

»Heute nicht mehr, vielleicht morgen?« Wir beide nickten.

»Sicher doch. Wir sehen uns morgen beim Frühstück?« Julia sah ihn fragend an.

Er nickte lächelnd. »Bestimmt, Ladys. So, ich verabschiede mich erst mal. Schönen Abend noch.«

Julia sah ihm zu lange hinterher.

»Gehen wir, Julia?«, hakte ich nach.

»Klar, ich geh noch eben auf die Toilette. Kannst ja schon mal einen schönen Platz für uns suchen.«

»Okay.«

Ich ging raus, sie zu den Toiletten. Sofort vermisste ich die Klimaanlage drin. Aber hey, wer in den Süden flog, musste mit so einem Klima umgehen können.

Was ein Zufall, das mit Justin, dachte ich mir und passte nicht auf, wohin ich lief oder gegen wen. Mit voller Wucht wurde ich zu Boden geworfen und kam nur wenige Zentimeter vor dem Pool auf.

»Autsch.« Ich rieb mir meinen Hintern.

»Entschuldigung,« kam von der Person, mit der ich zusammengestoßen war.

»Kein Thema.«

Starke Arme halfen mir hoch, und ich starrte in grüne Augen.

Wow, sie waren bildschön. Genauso wie sein Gesicht, es war markant und leicht gebräunt von der Sonne, dazu passte sein dunkelblondes Haar wunderbar.

Ach, du Scheiße, ich sah ihn noch mal genauer an ...

Grüne Augen und dunkelblondes Haar. Er hatte damals nicht so kurzes Haar, aber er war es. Mein One-Night-Stand von damals. Er war hier, auf Rhodos. In diesem Hotel. Ich blickte ihn vermutlich wie eine Verrückte an, aber was war das denn bitte für ein Zufall?

»Ist alles in Ordnung?«, fragte er mich und fixierte mich genau. Erkannte er mich etwa nicht? War ich so schlecht im Bett gewesen? »Soll ich einen Arzt holen?«

Ich schüttelte den Kopf und versuchte ihn nicht mehr anzustarren. Was sollte ich tun? Was sagen? Verdammt noch mal, ich war mit ihm im Bett, und dieser Penner erinnerte sich nicht mal mehr daran!

»Mir geht es gut«, fauchte ich einfach viel zu übertrieben.

Er schien über meinen Ausbruch genauso überrascht wie ich selbst. »Okay, tut mir nochmals leid.«

»Mir auch, mir auch.« Er drehte sich von mir weg, und lief den Pool entlang. Ließ mich einfach stehen.

Während ich ihm nachsah, dachte ich darüber nach, wie schlimm es mir nach dem One-Night-Stand ging. Damals floh ich so schnell es ging aus seiner Wohnung.

Chris erzählte ich sofort von der Sache. Und dann war die Beziehung für mich erledigt. Wir trennten uns.

Dieser fremde Typ in der Bar war der Grund gewesen, mich zu trennen. Selbst Chris vorherige Beichte, dass er mehrmals fremdgegangen war, brachte mich nicht dazu, mich zu trennen. Ich konnte es damals noch nicht.

Dieser fremde Kerl hatte viel in mir ausgelöst. Noch nie zuvor konnte ein Mann mir so ein tolles Gefühl bescheren. Der Sex war unglaublich.

Doch trotzdem suchte ich ihn nie wieder auf. Ich schämte mich irgendwie. Ich war einfach gegangen, ohne ihm meinen Namen gesagt zu haben. Seinen kannte ich ja auch nicht. So redete ich mir zumindest ein, dass es wirklich bedeutungslos war.

Trotzdem schlich sich immer wieder diese eine Nacht in meinen Kopf. Und da traf ich ihn jetzt wieder und musste begreifen, dass dieser Mann mich nicht mehr erkannte.

Die Erkenntnis, dass er anscheinend nie wieder an mich gedacht hatte, war bitter. Sehr bitter.

Mein Puls beschleunigte sich, ich lief vermutlich sogar rot an. Die Wut darüber wurde grenzenlos. Ich hatte ein schlechtes Gewissen gehabt! Nicht nur Chris, sondern auch ihm gegenüber. Immerhin war ich einfach aus seiner Wohnung geflohen. Und er? Er erinnerte sich nicht mal an mich!

Instinktiv lief ich die paar Schritte auf ihn zu und stieß ihn so fest wie möglich in den Pool.

Er war nicht mal aus dem Wasser aufgetaucht, da bereute ich es schon wieder.

Alle Leute um uns herum starrten mich an, selbst mein One-Night-Stand stand im Pool, weil es an dieser Stelle wohl nicht tief genug war.

Er war klatschnass und wäre es ein anderer Typ, eine andere Situation hätte ich mich totgelacht, aber so war es nicht. Ich hatte diesen Wahnsinn verursacht. Der Kerl konnte mich nicht mehr zuordnen und jetzt wäre ich für immer die Geistesgestörte, die ihn in den Pool geschubst hatte. Klasse!

Mein One-Night-Stand fuhr sich durchs Haar, damit er etwas sehen konnte. Ich versuchte, die Bauchmuskeln zu ignorieren, die durch das Hemd schimmerten. Nicht träumen, Hannah. Konzentriere dich!

Ich würde ihn jetzt sicher nicht anschmachten. Das hatte er nicht verdient! Er erinnerte sich nicht an unsere einzige Nacht und es sollte auf keinen Fall eine zweite geben!

»Was zum Teufel soll der Scheiß?«, brüllte er, immer noch im Pool stehend. Ich presste die Lippen zusammen, damit ich nicht plötzlich anfing zu lachen. Aber er sah mich immer noch abwartend an.

Ich dachte ganz genau darüber nach, was ich jetzt antworten sollte.

»Ähh ...« Ich zupfte an meinem Kleid herum. »Da ... war ...«

Ich klang so unsicher, er kaufte mir das sicher nicht ab.

Ein dreiäugiges Monster. Nein, das käme nicht gut. Muss wohl dein schlechtes Gewissen gewesen sein, dass dich geschubst hat. Nein, da kann ich ihm ja direkt sagen, dass ich es absichtlich gemacht habe.

»Eine Biene?«, fragte er zögerlich und gab mir ein perfektes Alibi.

»Ja, eine Biene.« Ich hob das Kinn. »Ich hab Ihnen das Leben gerettet«, antwortete ich etwas zu selbstsicher.

Stirnrunzelnd schaute er mich vom Pool aus an.

»Und dazu muss man mich in den Pool schubsen?«, fragte er ungläubig.

»Meine Güte, das ist Wasser. Oder sind Sie aus Zucker?«

Na toll, jetzt wurde ich auch noch wütend. Ich war es nun mal, die ihn geschubst hatte! Ja, er hatte mich nicht erkannt und ich reagierte etwas über.

Ach, was machte ich mir vor. Ich war erbärmlich!

»Kennen wir uns irgendwoher?«, fragte er mich jetzt, und schien angestrengt nachzudenken.

Ach, du Scheiße, das fehlte mir jetzt auch noch.

Nach meiner Aktion durfte er sich auf keinen Fall an mich erinnern! Was wäre das peinlich ... auch wenn diese Situation hier nicht weniger peinlich ist.

»Nicht, dass ich wüsste«, stotterte ich leicht, und mein One-Night-Stand kletterte über den Beckenrand wieder hoch.

»Sicher? Meine Alarmglocken sollten jetzt eigentlich mehr als nur läuten«, antwortete er und lächelte zaghaft. Ich erinnerte mich an dieses Lächeln nur zu gut.

War das etwa nicht die erste Poolaktion für ihn? Oh Gott, ich war eine von vielen. Von anscheinend sehr vielen!

»Es tut mir leid, ich hätte Sie nicht stoßen dürfen.«

»Die Biene war schuld«, antwortete er grinsend, und hörte sich so an, als würde er das selbst nicht glauben. Er nahm es mir nicht ab!

Mein One-Night-Stand sah auf sich herunter. »Ich werde wohl ein neues Hemd brauchen.«

»Und eine Hose«, fügte ich hinzu und sah auch auf seine tropfnasse Stoffhose.

»Da bist du ja, Hannah!« Julia kam auf uns zu, und bemerkte ihn natürlich sofort. Ihre Sonnenbrille kippte leicht, damit sie ihn genauer begutachten konnte.

»Hallo.« Oh Gott, wie peinlich.

»Hannah also«, überging er Julias kleine, aber kurze Anmache und sah mich wieder an. Er war groß, sehr groß. Ich musste meinen Kopf in den Nacken legen, um ihn anzusehen. Natürlich verhinderte ich das momentan, so gut es ging.

»Ja, Hannah«, seufzte ich.

Er kannte meinen Namen nicht. Damals nicht und heute nicht. Wieder sah ich dieses Stirnrunzeln von ihm.

»Mhm. Also, ich bedanke mich für die Rettung und wünsche den Damen noch einen schönen Abend.«

Ich nickte stumm, Julia ebenso. Dann ging er und Julia sah ihm so lange nach, bis sie sich nicht mehr den Hals verrenken konnte.

»Wer zum Teufel war das?«, fragte Julia mich sofort, während er das Hotel klatschnass betrat.

»Ich habe keine Ahnung«, log ich. Was ja irgendwie auch zum Teil stimmte. Ich kannte meinen One-Night-Stand nicht.

»Quatsch. Er sah dich so komisch an, und du ihn auch. Ihr hattet da was am Laufen.« Sie zeigte immer wieder auf mich. »Mit den Augen.« Ich sah sie verwirrt an.

»Dann musst du was gesehen haben, was sonst niemand gesehen hat«, schnaubte ich, weil mir dieses Gespräch einfach nicht gefiel.

Julia wollte mich verständlicherweise aushorchen, ich aber wollte einfach nur meine Ruhe. Die Leute um uns herum kümmerten sich längst wieder um sich selbst. Das beruhigte mich etwas.

Wir setzten uns an die Bar, die sich zwischen den beiden großen Pools befand.

Sie war recht gut besucht und leise griechische Musik war im Hintergrund zu hören, die das Ambiente perfektionierte.

»Einen Tequila Sunrise, und für dich, Hannah?« Ich knurrte nur, so hörte sich das Geräusch zumindest an, das ich von mir gab. Irgendwie konnte ich nur daran denken, dass er jetzt meinen Namen kannte, ich seinen aber immer noch nicht. Warum hatte er mir seinen nicht genannt? Er war damals nicht so unhöflich gewesen.

Britische Männer wussten sich meistens zu benehmen. Es sei denn, es läuft Fußball! Aber das ist eine andere Geschichte. Weil er sich null für dich interessierte, tauchte die kleine Stimme in meinem Hinterkopf auf.

»Hallo? Hannah? Ich hab dir einen Wodka Redbull bestellt, damit du mal wieder klarer im Kopf wirst.«

»Was?«

Julia nahm ihre Brille ab, und sah mich nachdenklich an.

»Also, wer war das jetzt gerade? Und wieso war er klitschnass?«

»Weil ich ...« Ich stützte mich mit dem Ellbogen auf die Theke und seufzte. Leugnen war zwecklos, lügen genauso, »... ihn reingeworfen habe.«

Sie bekam große Augen. »Du hast ihn in den Pool geschubst?«

»Jepp.« Ich nickte dem Kellner, der uns unsere Drinks brachte, dankend zu. Genau das Richtige jetzt. Ich trank den kühlen Drink mit einem Mal aus.

»Wow. Wann hast du Alkohol jemals so nötig gehabt?«

»Vor drei Jahren«, antwortete ich verbittert. Wie ich mich schon anhörte. Schrecklich.

»Vor drei Jahren?«, fragte sie nach. Dann hob sie den Kopf. »Ach, du meinst die eine Nacht ...« Julia schien sich zu erinnern.

Ich musste damals ganz schön nervig gewesen sein, als ich sie nach dem One-Night-Stand angerufen hatte. Damals hatte ich Chris betrogen, und verkraftete das alles nicht.

»Ja, du warst wirklich noch ziemlich dicht gewesen, als du mich angerufen hattest. Aber hey, das ist Schnee von gestern«, wedelte Julia die Sache weg und zog an ihrem Strohhalm.

»Dachte ich bis vor 15 Minuten auch noch«, flüsterte ich verbittert und sah mein leeres Glas an. Warum war es schon wieder leer?

»Ach, du Scheiße!«, rief sie und es war ihr total egal, dass sich alle hier in der Bar nach ihr umdrehten. Julia schaute mich mit offenem Mund an und zeigte zum Pool. »Der Typ war dein Ausrutscher, oder?«

»Nicht so laut«, bat ich sie leise. Ich hatte schon wieder zu viel erzählt. Warum konnte ich meinen Mund nicht halten, verdammt noch mal? »Und ihr habt euch deswegen gestritten, oder wie?«

Sie versuchte eine Erklärung zu finden, warum ich ihn geschubst hatte. Klar, versuchte sie das. Jeder normale Mensch würde dafür eine Erklärung finden wollen.

»Er hat mich nicht erkannt«, antwortete ich ihr frustriert. Ein gefundenes Fressen für sie. Julia machte sich oft lustig über mein Liebesleben. Klar, es existierte ja praktisch nicht.

»Du willst mich doch verarschen, Hannah. Du hast ihn einfach so geschubst?« Sie klang amüsiert und doch wieder leicht geschockt. Ich nickte einfach nur stumm. Was sollte ich dazu noch sagen. »Eines muss ich dir lassen, Hannah. So was hätte ich dir nie zugetraut. Gratuliere, ich find's toll.« Sie wirkte ziemlich zufrieden mit mir.

»Was soll daran denn toll sein? Er hat mich nicht erkannt, Julia. Ich jedoch wusste sofort, wer er war, obwohl ich damals so betrunken war.« Meine Stimme wurde lauter, und ich bereute es sofort.

»Hey hey, ich verstehe ja, dass du etwas gekränkt bist, aber sieh das doch mal als das, was es wirklich ist: eine zweite Chance.«

»Zweite Chance?«, fragte ich irritiert nach.

»Ja, wie hoch ist die Wahrscheinlichkeit, dass ihr euch noch mal treffen würdet? Ich meine, zur selben Zeit, am selben Ort? Wie geil ist das denn?«

»Er hat mich nicht erkannt, Julia«, wiederholte ich noch mal, damit es endlich auch bei ihr ankam. »Wieso sollte ich mich darüber freuen, wenn ich damit leben muss, dass ich es anscheinend nicht wert war, dass er sich an mich erinnert? Ich muss ja wahnsinnig gut gewesen sein!«

Es sollte mir egal sein, was er darüber dachte oder halt nicht dachte. Ich konnte mich kaum noch an Einzelheiten erinnern, aber ich wusste, dass es gefunkt hatte. Sonst wäre er nicht in den Pool geflogen.

»Sag mal, wann war das noch mal genau, mit ihm und der Bar?«

»Es war Juli, glaube ich.« Ich wusste es noch ganz genau, das musste Julia aber nicht wissen.

Sie schien nachzudenken, und lächelte dann zaghaft. »Du hattest doch damals mal so ›ne Phase, wenn ich mich recht erinnere.«

»Phase?«

»Ja, du bist damals ständig zum Friseur, erinnerst du dich? Ich nannte es nur, die Strähnchenphase.«

Mein Puls schnellte in die Höhe.

Verflucht, das hatte ich ganz vergessen.

Stöhnend schlug ich die Hände vors Gesicht, und Julia nickte verstehend.

»Du hattest kürzere Haare und verdammt viele blonde Strähnchen. Ein paar Kilos hast du auch abgenommen.« Genervt sah ich sie an. Die Trennung von Chris hatte mich tatsächlich schlanker gemacht. »Sieh dich jetzt mal bitte an. Du siehst total verändert aus.«

Jetzt trug ich langes brünettes Haar. Ich färbte meine Haare schon lange nicht mehr. Und dann fehlten mir noch circa zehn Pfund. Wie sollte er mich so auch erkennen?

Ich hatte Mr. Unbekannt in den Pool geschubst, weil er mich nicht erkannt hatte. Aber wie sollte er das auch, wenn ich damals völlig anders aussah?

Wo kann ich mich bitte verstecken bis zum Rückflug?

»Dieser Urlaub wird mit Sicherheit richtig interessant«, grinste Julia, weil sie meine Gedankengänge gut nachvollziehen konnte, und trank genüsslich ihren Drink aus.

# Kapitel 3

### Eine peinliche Begegnung und ihre Folgen

*- Adrian -*

»Wie siehst du denn aus?« Justin kam wie immer ohne zu Klopfen in mein Zimmer geplatzt. Ich war gerade dabei meine Hose auszuziehen. Meine klitschnasse Hose wohlgemerkt. Deswegen zog ich erst mal wie verrückt, damit ich sie ausgezogen bekam. »Du weißt schon, dass es seit einiger Zeit Badehosen gibt, die man käuflich erwerben kann, wenn man zum Beispiel - ich weiß auch nicht - schwimmen möchte?«, sagte mein Geschäftspartner mit einem sarkastischen Unterton.

Er zog sein Jackett aus und setzte sich auf die Couch, die direkt neben ihm stand.

»Sag das der Frau, die mich reingeschubst hat«, antwortete ich ihm.

»Was erzählst du denn da?«

»Ach, vergiss es.«

»Ich hoffe mal, das war ein Scherz?«, hakte Justin nach. »Oder verfolgen dich deine Frauengeschichten schon bis hierher? Man, Adrian. Wehe, das sorgt für Probleme mit unseren Geschäften.« Er klang leicht genervt.

»Bleib mal locker. Der Deal ist so gut wie sicher.«

»Sag das Helena, wenn sie erfährt, was hier abgeht. Sie muss dir vertrauen, Mann. Sonst gibt sie uns nie den Auftrag.«

»Ich sagte doch, dass alles glatt geht!« Meine Stimme klang schon fast zu wütend. Justin nickte, setzte aber ein ernstes Gesicht auf.

»Wenn du das sagst, dann vertrau ich dir mal. Gut gut, wir sehen uns morgen früh.« Dann verschwand er wieder.

Meine Hose gab endlich nach.

Hannah. So hieß diese Verrückte, die mich einfach in den Pool geschubst hatte.

Auch wenn ich meine Kontaktlinsen nicht getragen hatte, konnte ich es in ihren Augen sehen. Sie war wütend gewesen. Aber warum? Sie kam mir bekannt vor, aber zuordnen konnte ich sie einfach nicht.

Wer sie war, müsste mir egal sein. Aber mit der Nummer am Pool gerade hatte sie mein Interesse geweckt.

Ich hatte einige Drinks getrunken. So viele, dass ich zu lange schlief.

Rasch schaute ich neben mich. Ich begann wieder zu atmen, als mir klar wurde, dass diesmal kein fremder Mann in meinem Bett schlief.

Mein großartiger Plan bestand nämlich daraus, früh aufzustehen um sich schnellstens verstecken zu können, falls Mr. One-Night-Stand mir wieder begegnen würde. Wenn dieser oder ein anderer jetzt wieder mit mir zusammen hier gelegen hätte ... bräuchte ich definitiv einen Therapeuten.

Der Wecker zeigte bereits 10.30 Uhr an. Panisch zog ich mich um. Erst der Bikini, dann die Strandbluse drüber, Flipflops an, Haare hochstecken, und fertig war das Outfit für heute. Julia hatte mir an der Tür einen Zettel hinterlegt, dass sie schon zum Frühstück gegangen war, und ich nachkommen sollte. Sie hatte genauso viel wie ich getrunken, aber sie schaffte es immer, am nächsten Morgen  topfit zu sein!

Ich jedenfalls zog zum Schutz meine Sonnenbrille auf, die schöne große Gläser hatte. Bloß die Ringe unter meinen Augen verstecken.

Als ich durch die Lobby lief, senkte ich meinen Kopf. So könnte man mich vielleicht nicht erkennen, wenn man genau hinsah.

Am Pool angekommen, saßen noch einige an ihren Tischen und frühstückten. Julia erblickte ich sofort, und natürlich saß sie nicht allein. Der Typ von gestern, Aprils Schwager, saß ihr gegenüber.

»Hannah, da bist du ja.« Widerwillig ging ich kurz zu ihnen.

»Guten Morgen«, begrüßte Justin mich, und sah wie gestern perfekt gestylt aus.

»Guten Morgen. Ich wollte zum Strand«, erklärte ich Julia fast schon nervös.

»Okay, wenn du wartest, dann komme ich mit.«

»Ach, komm einfach gleich nach«, winkte ich ab.

»Willst du nichts essen?«, fragte sie mich irritiert.

»Nein danke. Bis gleich.«

Und schon war ich wieder auf dem Weg.

Mir war schon klar, dass ich für Gesprächsstoff sorgte, rollende Augen oder Unverständnis. Das war mir aber schnuppe. Ich wollte meine Ruhe.

Da half es mir nicht, wenn Julia sich mit Justin unterhielt und ich nur daneben saß und meinen Gedanken hinterherjagte. Und schon gar nicht wollte ich über Sex, One-Night-Stand usw. nachdenken, wenn ich beim Frühstücken saß.

Der Strand war noch recht leer. Die meisten frühstückten sicher noch. Ich nahm mir eine der vordersten Strandliegen, und setzte seufzend meine Strandtasche ab.

So, jetzt erst mal entspannen. Runterkommen, den kleinen Kater auskurieren, und nicht mehr an gestern denken. Dieser Urlaub hier war ein Glücksgriff. Also sollte man die Woche jetzt auch voll und ganz auskosten. Natürlich, ohne ihm zu begegnen.

Das klang doch nach einem Plan.

Ich zog mir meine Strandbluse aus und bemerkte jetzt schon die Hitze. Eincremen, Hannah. Ich kramte in meiner Tasche herum, während ich kurz aufs Meer sah. Wunderschön. Das Wasser war so klar. Ich schaute konzentrierter aufs Wasser.

Ich öffnete geschockt den Mund.

Mr. One-Night-Stand. Er war es wirklich.

Instinktiv schaute ich zur Seite.

Nicht hinsehen. Ja, nicht hinsehen!

Schnell, um etwas Ablenkung zu haben, holte ich mir meine Zeitschrift aus der Tasche, die ich am Flughafen gekauft hatte.

Ich las den Titel des Magazins.

**Zehn Gründe, warum Sie Ihren One-Night-Stand eine Chance geben sollten**.

Das Thema passte. Ich sah über die Zeitschrift hinweg zu ihm. Mr. One-Night-Stand war durchtrainiert, und wie er das war. Er fuhr sich durchs nasse Haar, und ich fand mich in einem Hollywoodfilm wieder. Er war definitiv der heiße Teil des Films. Keine Frage.

Und dann bemerkte ich, dass Mr. One-Night-Stand - und neuerdings Mr. Hollywood - direkt auf mich zulief.

Auf mich? Oh nein!

Meine Strandbluse lag auf der Liege. Ich hätte sie mir greifen können, denn ich stand ja praktisch nackt vor ihm. Er war perfekt, sah einfach nur toll aus und ich hatte Hüftspeck, Krähenfüße und …

Nein! Nein, das passte alles gar nicht jetzt.

»Hannah! Guten Morgen.« Mr. Hollywood lächelte freundlich. Er wirkte nicht mehr wütend. Ich starrte sein Haar an. Nass sah es immer noch wunderbar aus!

»Morgen, ich wollte mir die beste Aussicht sichern«, antworte ich ihm, weil ich irgendwie dachte, ihm erklären zu müssen, warum ich mich hier befand. Total bekloppt.

Ich klang so unsicher. Klar, wenn ich ein Körpergefühl hatte, das dem einer Bohne glich.

»Und?«, fragte er mich.

»Mhm?«

»Ist es die beste Aussicht?« Er blickte kurz aufs Meer, ich starrte jedoch auf seine Muskeln. »Oh ja.«

Er drehte sich wieder zu mir um, und ich versuchte jetzt schnell aufs Meer zu schauen. Denn das meinte ich ja auch, eigentlich.

Seine Mundwinkel zuckten leicht. Er hatte mitbekommen, wie ich ihn angestarrt hatte. Er hatte es gesehen!

»Ich bin übrigens Adrian. Adrian Davies.« Sein Blick schien auf etwas zu warten, so eindringlich sah er mich an.

Adrian Davies. So hieß er also. Wie oft hatte ich mich schon gefragt, wie er wohl hieß.

»Freut mich, Adrian. Hannah Valentine.« Ich hielt ihm die Hand hin.

Warum war ich plötzlich so entspannt?

Beruhigte es mich so sehr, ihn jetzt beim Namen nennen zu können? Zögerlich ergriff er meine Hand und ich könnte schwören, dass sich sofort eine gewisse Wärme in meinen Körper schlich. Was war das denn jetzt?

Sein Blick fiel kurz auf mich. Checkte er mich gerade ab?

So schnell es ging, ließ ich seine Hand wieder los. Selbstschutz Hannah, aber sofort!

Adrian räusperte sich kurz.

»Nichts geht über eine kurze Erfrischung, um in den Tag zu starten«, beendete er die merkwürdige Situation.

»Ja, dann hoffe ich mal, dass es ein guter Tag wird«, erwiderte ich. Fahr zur Hölle!

»Das ist er schon«, antwortete und fixierte mich mit seinem Blick. Machte er mich etwa an?

In der Bar vor drei Jahren war es doch auch dieser Blick, wenn ich mich nicht irrte, der mich fast um den Verstand gebracht hatte. Schon komisch. Damals war uns sofort klar, dass wir scharf aufeinander waren.

Und jetzt, Jahre später, erkannte er mich nicht mal mehr, und ich wusste nicht, wie ich nüchtern mit ihm vernünftig reden sollte.

»A-d-r-i-a-n!« Eine wirklich viel zu hohe Stimme rief seinen Namen, und wir beide sahen zum Ursprung der Sirene hin. Eine zu krass gefärbte blonde Schönheit winkte ihm energisch zu.

Adrian seufzte frustriert auf. Ihre Brüste wackelten regelrecht in jede Richtung, trotz des weißen Kleides, das sie trug, oder eben, weil sie es trug. Die Frau war ziemlich gebräunt, übertrieben gebräunt. Niemand hatte dazu so hellblondes Haar.

»Ihre Freundin wartet.«

»Im Leben nicht,« knurrte er fast, wirkte dann aber über seine ehrliche Antwort überrascht. »Ich meine, Sie ist nicht mein Typ.«

Ich nickte und schluckte meine Frage, was er denn für einen Typ bevorzugte, herunter. Das ging mich wirklich nichts an.

»Wir sehen uns«, verabschiedete er sich und wieder nickte ich nur, anstatt ihm auch etwas zu sagen.

Adrian lief durch den Sand, griff sich sein Handtuch, das ein paar Liegen weiter lag, und ging zu dieser wirklich sehr gekünstelten Frau. Überschwänglich umarmte sie ihn, was er auch zuließ. Einen langen Augenblick schaute ich beiden nach.

Dann setzte ich seufzend meine Brille wieder auf. Was hatte ich auch erwartet? Dass so ein Mann auf solche Frauen stand, war doch absolut klar. Auch wenn Adrian etwas anderes behauptete. Blondie schien genau zu wissen, was zwischen ihnen war.

# Kapitel 4

### Wer war diese Frau?

*- Adrian -*

Ich sah noch einmal hinter mich. Hannah lag jetzt auf der Liege und cremte sich ein. Sie war so unsicher gewesen, als ich zu ihr gelaufen war. Dabei hatte sie keinen einzigen Grund dazu.

Als ich vom Wasser aus gesehen hatte, wie sie ihre Bluse auszog und ihr perfekt geformter Körper darunter zum Vorschein kam, musste ich alle Willenskraft aufbringen, damit mein Schwanz sich nicht bemerkbar machte.

Aber dann siegte die Neugier und ich lief zu ihr, um zu schauen, ob sie auch auf mich reagierte.

Gestern erlangte ich einen kleinen Vorgeschmack, aber heute bekam ich die Bestätigung, dass sie genauso angezogen wurde von mir wie ich von ihr.

Und die erste Berührung überforderte mich immer noch. Auch wenn Helena in meinen Armen hing, dachte ich nur an ... Hannah. Innerlich seufzte ich. Das konnte ich gerade überhaupt nicht gebrauchen. Ich musste das mit Helena jetzt durchziehen, sonst war der Auftrag weg.

Aber diese Hannah, die mir unfreiwillig Abkühlung verschaffte, zog mich an wie die Motte das Licht.

Aber sie passte hier nicht herein. Ich war geschäftlich auf Rhodos, und Helena sollte meine ganze Aufmerksamkeit genießen. So unprofessionell war ich selten.

Allein jetzt, dachte ich schon wieder an Hannah. Ihre wohlgeformten Brüste, die in diesem schwarzen Bikini so wahnsinnig perfekt aussahen, dazu ihr schüchternes Lächeln und ihre leichte Unsicherheit, als sie bemerkte, dass ich sie genauer betrachtete. Ich wusste jetzt schon, dass ich wohl den ganzen Tag an ihre Titten denken würde. Das würde anstrengend werden!

Selten hatte es eine Frau geschafft, mich länger zu beschäftigen. Eigentlich gab es vor ihr nur eine weitere Frau, und das war bereits Jahre her.

»Eine griechische Frau?«, fragte Julia nach, die sich einige Minuten, nachdem Adrian gegangen war, zu mir an den Strand gelegt hatte.

»Ja, er hat offensichtlich eine Freundin. Auch wenn er es wohl nicht zugeben wollte.« Ich versuchte mir meine Enttäuschung darüber nicht anmerken zu lassen, und sonnte mich weiter. Der Duft von meiner Sonnenmilch war beruhigend, wenn man bedachte, wie sehr mich Adrian aufgewühlt hatte.

Julias Blick, der auf mir ruhte, konnte ich regelrecht spüren. »Starr mich nicht so an«, brummte ich genervt.

»Dann erzähl du mir nicht, dass es dir am Arsch vorbeigeht, dass dein letzter One-Night-Stand anscheinend kein Interesse an dir hat und ›ne andere vögelt.«

»Wer sagt, dass er mein letzter ...«  Jetzt sah ich sie wieder an, und Julia schaute mich mit einer hochgezogenen Augenbraue an.

»Weil du, nachdem du Adrians Wohnung verlassen hast, heulend bei mir angerufen hast, und von mir tausendmal die Bestätigung haben wolltest, dass du ja nichts Falsches getan hast.«

»Ich war betrunken!«

»Ich glaube, da warst du schon nüchtern genug, um aus seiner Wohnung abzuhauen, mich anzurufen und den Weg nach Hause zu finden. Wärst du nur ansatzweise betrunken gewesen, wärst du dort geblieben. Und wer weiß, was dann noch passiert wäre.«

»Gar nichts okay. Ich war damals noch mit Chris zusammen«, verteidigte ich mich.

»Oh Gott, bitte.« Sie setzte ihre Sonnenbrille wieder auf. »Komm mir nicht mehr mit der Story. Er beichtet dir, dass er mehrmals fremd gevögelt hat und du tust es ihm gleich. Und danach machst du dir einen Kopf, wie er das finden würde? Wo ist damals deine Selbstachtung gewesen, Hannah?«

»Ich hab's ihm doch noch am selben Tag erzählt.«

»Das war auch richtig so. Ich hab den Kerl nicht eine Minute länger neben dir ertragen. Allein, dass er dich immer noch anruft und du auch noch rangehst, geht einfach nicht in meinen Schädel.« Sie machte eine hastige Handbewegung.

»Er braucht jemanden zum Reden.«

»Und da kommt ihm ausgerechnet seine Ex in den Kopf? Meinst du das ernst?«

Mir war ja bewusst, dass Julia Chris nicht mochte, aber dass sie ihn so verabscheute? Woher kam das? »Wir konnten immer gut miteinander reden«, erklärte ich ihr.

»Klar, das war vielleicht auch euer Problem. Immerhin hat er sich fürs Bett andere Weiber gesucht.«

»Geht's noch?« So langsam ging mir Julia auf die Nerven.

»Stimmt es etwa nicht?«, hakte sie nach.

Ich war stinksauer. Jedes Mal trampelte sie darauf rum, obwohl sie wusste, wie sehr mich das alles fertiggemacht hatte.

Wütend stand ich auf und packte die Strandtasche mit meinem Kram voll.

»Was wird das?« , fragte sie nach, während sie mir beim einpacken zusah.

»Nach was sieht es wohl aus? Ich verzieh mich.«

»Wohin?« Julia zog ihre Brille von der Nase.

»Weg von dir.« Dann stolzierte ich durch den viel zu heißen Sand zurück zum Hotel.

Ich hasste Konfrontationen, als Kind auch schon. Auf dem Schulhof versteckte ich mich meist in den Pausen, weil ich wusste, ich würde wegen meiner übergroßen Hornbrille geärgert werden. Genauso lief es bis heute ab, auch wenn die Hornbrille längst Geschichte war.

Meine Beziehungen gingen in die Brüche, weil ich zu wenig Potenzial besaß, Dinge zu besprechen, die wichtig waren. Streitigkeiten ging ich aus dem Weg, was anfangs für die Männer mehr als befriedigend war.

 Aber je länger die Beziehung dauerte, umso mehr bemerkten sie, dass ich kaum etwas von mir offenbart hatte. Ich hörte jedem gerne und lange zu, aber ich selbst sprach selten über mich, meine Gedanken und Gefühle.

Und jedes Mal musste mir das Julia direkt unter die Nase reiben. Nur konnte ich das jetzt weniger gebrauchen, denn dieser ganze Urlaub verwandelte sich langsam in einen Trip, den ich einfach nur noch schnellstens überstehen wollte.

Als ich am Pool ankam, konnte ich noch eine leere Sonnenliege ergattern.

Seufzend legte ich meine Tasche ab, und setzte mich hin.

»Alles in Ordnung?« Der gut aussehende Concierge von gestern sah mich fragend an.

»Sicher.« Ich klang nicht gerade überzeugend.

»Vielleicht wollen Sie etwas trinken? An der Bar?«

»Warum nicht?« Ich legte mein Handtuch um meine Hüfte, und folgte ihm zur Bar.

Als ich mich setzte, bestellte er auf Griechisch etwas.

»Ich habe Ihnen einen einheimischen Drink bestellt, wenn es Ihnen nichts ausmacht?«

»Nein, gar nicht.« Ich schaute ihn mir genauer an. Er hatte etwas längeres Haar, das ihm bis zu den Schultern ging, aber es wirkte alles andere als unattraktiv. Es verlieh ihm irgendwie noch mehr Anziehung.

»Wie heißen Sie eigentlich?«, fragte ich ihn.

»Ich? Ilias.«

»Ein schöner Name.«

»Danke, Miss.«

»Nennen Sie mich einfach Hannah.«

»Ich würde Ihnen gerne die Hand geben, aber das wird hier nicht gerne gesehen.« Er sah sich verstohlen um. Ich grinste.

»Okay, und wieso stehen Sie dann hier?«

»Ich sorge dafür, dass Sie das Richtige zu trinken bekommen.« Dabei lächelte er, und seine weißen Zähne kamen zum Vorschein.

Flirtete er etwa mit mir? So sah es auf jeden Fall aus.

Der Kellner stellte mir einen Drink hin, der nicht unscheinbarer aussehen konnte.

»Probieren Sie«, bat er mich.

Ich trank einen Schluck und war überrascht. »Lecker.«

»Die Rezeptur ist streng geheim.« Er zwinkerte mir spielerisch zu.

»Verstehe.«

Unsere Blicke hielten sich, und ja, es war definitiv flirten, was wir da taten.

»Störe ich?« Die Frage und Stimme kam so überraschend, dass mir im Umdrehen der Drink aus den Händen glitt und direkt auf das Hemd von Adrian geschüttet wurde.

»Ach, du ...« Mehr konnte ich nicht sagen, während ich ihn ansah. Adrian jedoch schaute ausdruckslos auf sein Hemd. Das Hemd war sicher von irgendeinem Label, Armani oder so etwas. »Das tut mir so leid.«

Diesmal meinte ich es wirklich ernst. Was für ein Karma, verflucht noch mal.

Aber wieso schlich er sich auch so an? Wer machte so was denn? Ein Irrer? Ein Stalker? Jemand, den man nicht kommen sehen sollte, ging mir durch den Kopf.

»Wir haben eine Reinigung im Haus«, schlug Ilias vor.

Adrian beachtete ihn nicht. »Ist nicht so schlimm«, antwortete der, ohne aufzusehen.

»Ich zahle Ihnen natürlich die Reinigung«, gab ich schnell von mir.

Immer noch sah er nicht auf, und das machte mich langsam nervös. Adrian musste sonst was von mir halten.

Erst der Sprung in den Pool, verschuldet von mir, jetzt das Hemd.

Ich packte mir ein paar Servietten vom Tresen, und tupfte an seinem Hemd herum. Natürlich half es überhaupt nicht.

»Ist schon okay«, kam es von Adrian.

»Es tut mir wirklich leid«, wiederholte ich noch mal wie blöde.

Plötzlich ergriff er mein Handgelenk, und ich sah in grüne Augen, die mich intensiv musterten. »Ich sagte, das ist nicht nötig.«

Okay, ich hatte es verstanden, konnte aber einfach nicht aufhören ihn anzusehen. Einige Sekunden später ließ er mein Handgelenk wieder los. Sein Griff war fester, als ich gedacht hatte.

»Sir? Legen Sie es einfach aufs Bett in Ihr Zimmer. Wir werden uns darum kümmern«, schlug Ilias vor. Adrian sah ihn finster an. Okay, was war jetzt los? Ilias bemerkte es wohl auch und sah leicht eingeschüchtert aus.

»Ich sagte, das ist nicht nötig. Haben Sie nichts zu tun?« Ilias verschwand recht schnell, nachdem Adrian ihn angemacht hatte. Er konnte wirklich Leute einschüchtern.

Was er wohl beruflich machte?

»Wirklich, Adrian. Sie sollten das Hemd reinigen lassen. Es war doch mit Sicherheit ziemlich teuer.«

»Flirten Sie eigentlich immer mit Personal?«, feuerte er die Frage in den Raum. Ich schaute ihn völlig perplex an.

»Wie bitte?«

So wie er den armen Ilias angeschaut hatte, so finster war sein Blick jetzt auf mich gerichtet. Was hatte der denn jetzt für ein Problem? »Ich ...« Was wollte ich jetzt sagen?

Ilias war wirklich einfach nur nett gewesen, und ja, wir hatten uns sehr sympathisch gefunden. Moment mal! Warum sollte ich mich dafür rechtfertigen?

Was bildete sich dieser Typ eigentlich ein?

Entschlossen straffte ich den Rücken. Schulter gerade, fester Blick, feste Stimme. Los Hannah. Du kannst das!

»Geht Sie das irgendwas an?« Warum Siezten wir uns eigentlich? Ich dachte, wir wären viel weiter? Wow. Moment mal, wie weit waren wir denn?

Ich musste mir wirklich mal über meine Gedanken im Klaren werden!

»Er könnte seinen Job verlieren«, antwortete Adrian. Ein merkwürdiges Funkeln erschien in seinen Augen. Was bedeutete das? Er klang so selbstsicher.

Dann leuchtete es mir ein. Adrian wollte Ilias anschwärzen.

»Warum sollten Sie das tun wollen?« Ich klang unsicher, viel zu unsicher.

»Weil ich es kann«, antwortete er dafür mit fester Stimme.

Mir war klar, dass ich jetzt wütend reagieren sollte. Leider machte mich Adrians Verhalten ziemlich an. Wie er es sagte, wie er dabei schaute ... alles zusammen war mega attraktiv.

Ich spürte, wie es zwischen meinen Beinen begann zu kribbeln. Eine ganze Weile hatte ich mich auf meine Arbeit statt auf mein Liebesleben konzentriert. Obwohl es gut war zu wissen, dass ich mich wieder für Sex interessierte, war Adrian tabu. Ausgerechnet er sorgte für meine Erregung. Der Mann erinnerte sich nicht mal an unsere gemeinsame Nacht.

Ich wusste aber schon, was da gelaufen war. Allein dieses Wissen würde dazu führen, dass es nicht funktionieren konnte. Ich suchte eine Beziehung, Liebe. Das, was Adrian verkörperte, war alles andere als das, was ich eigentlich suchte. Wobei das nicht ganz richtig war. Gesucht hatte ich nichts. Gefunden so einiges.

»Du willst Ilias feuern lassen, weil er mit mir ein bisschen flirtet?«, fragte ich ihn ungläubig, weil ich das noch mal geklärt haben wollte.

»Wenn ich mich schon davon gestört fühle, darf ich mich doch, als zahlender Hotelgast, beim Geschäftsführer beschweren.« Dabei grinste er fies, und in mir quoll die Wut hoch. Er riskierte wirklich Ilias´ Job.

Wie böse und gemein musste ein Mensch denn sein, um das wirklich vorzuhaben?

Und da stand er nun. Breit grinsend, als wüsste er, wie »toll« dieser Mistkerl war.

»Weißt du was.« Ich stellte mich hin, und sah zu ihm hoch. Mann, war er schon immer so groß? »Wenn du das tust, dann ...« Ich überlegte. Was wollte ich jetzt sagen? Verflucht.

»Dann was?«, hakte er nach. Sein Mundwinkel zuckte belustigt. Mist. Er machte sich echt lustig über mich!

Ich straffte die Schultern. »Dann werde ich mich über dich und deine griechische Göttin beschweren!«

Seine Augen funkelten. Jawohl. Erwischt!

»Was heißt das?« Er klang gereizt.

»Na das, was es eben heißt«, antwortete ich beiläufig.

»Haust du Ilias in die Pfanne, werde ich erzählen, dass du und deine Freundin für öffentliches Ärgernis sorgen.«

Plötzlich zuckte er mit den Schultern. »Dann tu das.«

»Was?« Also war das doch eine Schwachsinnsidee gewesen! »Ich vögel sie nicht, also kannst du auch nichts erzählen.«

Schockiert öffnete ich den Mund. Die kleine Erleichterung aufgrund seiner Aussage ignorierte ich. Auch wenn er natürlich lügen könnte.

»Ach, Hannah ...« Adrian lächelte, und bestellte sich einen Drink. »Du kannst nicht gut pokern.« Er klang überheblich und arrogant, beides Eigenschaften, die ich regelrecht hasste.

Ich konnte also nicht gut pokern? Ich? Die auf der Uni regelmäßig mehrere  Dollar im Texas Hold'em gewonnen hatte? Pah!

Von wegen, mein Freund! Ich war im Vorteil. Ich kannte Adrian bereits. Auch wenn es nur eine gemeinsame Nacht war. Das musste mir doch wenigstens irgendwie helfen!

Ich sah zum Pool, er war immer noch voll besetzt. Kleine Kinder tobten im Wasser, Leute schliefen auf der Liege oder unterhielten sich dort. Adrian nahm seinen Wodka auf Eis entgegen und schwenkte leicht das Glas. So angelehnt an der Bar, schaute er wirklich noch attraktiver aus, als sonst schon. Irritiert über meine Gedanken, zuckte ich leicht zusammen. Du bist doch wütend auf ihn.

»Du wirst doch nicht wirklich was gegen Ilias unternehmen, oder?« Ich musste ihn noch mal fragen, zur Sicherheit.

»Allein, dass du ihn mit Vornamen anredest, geht mir gegen den Strich«, antwortete er mit scharfem Ton und starrte geradeaus. Was hatte der denn jetzt schon wieder für ein Problem? Wachte er mit so einer Laune täglich auf?

»Und dann willst du, dass er wegen einem blöden und nichtssagendem Gespräch gefeuert wird?«

»Nichtssagend war das ja wohl nicht, so wie er dich angegafft hat«, antwortete er mir genervt.

Instinktiv griff ich nach seinem Hemd, zog ihn an mich und presste meine Lippen voller Wut auf seine.

Adrian wirkte einen Moment lang erstaunt über meine Aktion, dann jedoch erwiderte er den Kuss und zog mich näher an sich. Mein ganzer Körper kribbelte, war elektrisiert von seiner Wärme. Es fühlte sich vertraut an und unglaublich toll.

Ich musste alle Kraft zusammennehmen, um das jetzt durchzuziehen. Also beendete ich den Kuss, schob ihn von mir und gab ihm eine schallende Ohrfeige.

»Sie Mistkerl!«, schrie ich wütend, und sofort hatten wir genug Blicke auf uns gerichtet. Adrian strich sich über seine Wange, die leicht gerötet war und schien es immer noch nicht ganz glauben zu können. Glaub es aber, du Idiot!

»Mal sehen, wie deiner Freundin und dem Geschäftsführer das gefällt. Für Belästigungen von Hotelgästen hast selbst du vermutlich keinen Freifahrtschein!« Adrian strich sich noch einmal über seine Wange, schaute mich dabei an und wirkte nicht mal wütend. Nicht mal ansatzweise.

»Das hatte ich nicht kommen sehen,« murmelte er. Immer noch starrten die Leute uns an. Ich musste jetzt gehen, damit es wenigstens glaubwürdig rüberkam.

»Schick mir die Rechnung von deinem Hemd«, verabschiedete ich mich von ihm, ohne ihn noch einmal anzusehen.

# Kapitel 5

## 1:0 für Sie

### - Adrian -

Ich sah ihr noch ziemlich lang nach. Die vielen Augen, die währenddessen auf mich gerichtet waren, ignorierte ich gekonnt.

Dieses Biest!

Aber eines musste ich zugeben: Hannah Valentine war clever.

Normalerweise traute sich keiner, so weit bei mir zu gehen. Aber was hätte ich tun sollen? Mir gefiel es einfach nicht, dass dieser Typ sie anstarrte, ihr auf den Hintern und die Brüste gaffte und Hannah das auch noch gefiel!

Und ich wäre auch so weit gegangen, den Typen anzuschwärzen, hätte Hannah dieses Schauspiel hier nicht geboten. Ich trank einen großzügigen Schluck von meinem Wodka und stellte das Glas wieder ab.

Es war ja nicht so, dass ich die ganze Zeit über sie nachdachte. Die Frau, die mich in den Pool verfrachtet hat.

Nein! Jetzt musste ich auch noch an diesen Kuss denken. Er kam so unerwartet und doch war es ... Sie besaß so sanfte Lippen.

Ich bereute die Kürze des Kusses. Auch wenn von Hannah voll beabsichtigt. Ich hätte gerne ihre Zunge gespürt. Und was war jetzt? Sie war abgehauen, ließ mich mit einem halben Ständer hier ungewollt stehen, und diesen Concierge konnte ich auch nicht loswerden. Hannah hatte diese Runde also gewonnen. Gott, sie spielte wirklich gut. Und ich stand voll drauf!

»Was ein Arsch«, meckerte ich und schloss meine Zimmertür auf.

»Wer?« Ich erschrak, Julia saß auf meinem Bett und schaute fern.

»Du weißt schon, dass wir getrennte Zimmer haben?«

Sie zuckte mit den Schultern. »Nach deinem Abgang am Strand dachte ich mir, dass ich hier auf dich warte. Und die Show am Pool, wow.« Sie hatte es gesehen? Was hatte sie gesehen?

»Was meinst du?«, fragte ich sie zögerlich.

»Ach bitte. Mir war ja klar, dass du deinen Adrian nicht umsonst in den Pool geschubst hast, aber das jetzt?«

»Er ist nicht mein Adrian«, betonte ich.

»Als du ihm deine Zunge in den Mund geschoben hast, war er das«, grinste sie übertrieben.

»Das war doch nicht so gemeint, wie es aussah«, beteuerte ich. Das war geplant! So bescheuert das auch klang. Wobei ich gerne meine Zunge eingesetzt hätte. »Er sollte Ilias einfach nicht feuern. Ich brauchte was, um ihn zu erpressen«, schoss es aus mir heraus und ich griff mir eine kleine Flasche Wasser aus dem Kühlschrank.

»Wer ist denn jetzt Ilias?«, fragte Julia verwirrt. Das hatte sie also nicht mitbekommen!

»Der Concierge, der uns die Koffer gestern ins Hotel getragen hat«, antwortete ich ihr seufzend und setzte mich in einen der Sessel.

Julia schaute mich skeptisch an. »Muss ich das verstehen?«

»Belassen wir es einfach dabei, dass Adrian ein Arsch ist und mich jetzt hoffentlich in Ruhe lässt.«

»Du willst dich doch jetzt nicht hier verstecken, oder?« Mich wunderte ihre Frage nicht. Es war ein typisches Verhalten von mir: Verstecken vor Konsequenzen.

»Wieso nicht? Ich hab ne super Aussicht, und genug zu trinken gibt's hier auch«, antwortete ich und zuckte mit der Schulter, als würde mir das gar nichts ausmachen. Und es stimmte ja auch. Ich dachte darüber wirklich nach. Mich verstecken, bis der Urlaub zu Ende wäre.

Ja, die Idee war feige, aber Adrian sorgte nur noch für Ärger. Weil er sich so bescheuert verhielt, und mir immer nur Blödsinn einfiel, wenn er mich provozierte. Siehe die Poolaktion und dann dieser Kuss ...

»Weil heute Abend doch Tanzabend ist. Und das lass ich mir nicht entgehen«, antwortete Julia mir, und machte den Fernseher aus.

»Tanzabend?«

»Liest du auch mal die Plakate, die im Hotel verteilt sind? Heute Abend ist am Pool eine Party. Musik, schönes Essen, tolle Kleidung. Perfekt für uns.« Das klang eher danach, dass es wieder zur unfreiwilligen Begegnung kommen könnte. Ein Ärgernis, dem ich gerne aus dem Weg gehen würde.

»Ich weiß nicht. Adrian ...«

»Nein!« Sie schüttelte sofort den Kopf. »Den Namen will ich nicht mehr hören. Wenn ihr beide es nicht gebacken bekommt, euren Druck im Bett loszuwerden, dann wirst du diesen Typen einfach ignorieren. Hast du nur einmal über den Tellerrand geguckt?«

Was bitte? Julia bemerkte meine Verwirrung.

»War ja klar. Hast du mal gesehen, wie viele heiße Single-Typen hier rumlaufen? Und die werden sicher auch alle heute Abend da sein. Was ist besser, gegen eine heiße Versuchung als eine andere heiße Versuchung?«, fragte sie und machte eine sehr merkwürdige Bewegung mit ihren Augenbrauen.

Julia musste mal wieder übertreiben, wobei ich zugeben musste, dass sie schon recht hatte. Ilias zum Beispiel war auch ziemlich süß. Wäre Adrian nicht dazwischen gegangen, hätte ich mich sicher gut mit ihm unterhalten. Heute Abend sollte der das mal versuchen.

»Ich hab nichts anzuziehen«, seufzte ich.

»Ich habe genug dabei«, antwortete sie hastig. Jetzt hatte ich wirklich keine Ausrede mehr.

Ich war im Begriff, in mein Zimmer zu gehen, um mein Hemd zu wechseln. Bevor ich die Tür öffnen konnte, kam Justin aus seinem Zimmer.

»Hey, na wie war es?«, fragte er mich erwartungsvoll.

»Was?«, fragte ich verwirrt. Hatte er etwas mitbekommen?

Ich öffnete meine Zimmertür und ließ ihn mit rein.

»Na, mit Helena?«

Ich seufzte. Wer interessierte sich schon für Helena?

»Alles okay.«, antwortete ich also, damit er wenigstens eine Antwort von mir bekam. Im Grunde hatte ich mich nur kurz mit ihr unterhalten, weil ich eigentlich keine Lust hatte, mir ihre Erzählungen anzuhören. Denn es drehte sich immer nur um Schmuck, Designerroben und ... ach ja, Schmuck.

»Hat sie was wegen des Auftrags gesagt?« Justin wurde mir langsam einfach zu nervig.

»Das ist dein Job, okay?« Ich griff mir aus meinem Schrank ein neues Hemd, dann zog ich mir mein ruiniertes aus.

»Ja, aber hat sie was gesagt? Angedeutet?«

»Verflucht noch mal, Justin! Das ist dein Job. Du sollst mit ihrem Vater verhandeln. Ich mach den Rest, aber nerv mich nicht immer mit dem Scheiß«, machte ich ihm wütend klar. Justin sah mich überrascht an. So ein Verhalten von mir ihm gegenüber kannte er noch nicht.

»Was ist dir denn über die Leber gelaufen?«, fragte er jetzt nach.

»Nichts.« Ich zog mir mein neues Hemd über und knöpfte es zu.

»Warum wechselst du eigentlich schon wieder dein Hemd?«

»Mir ist ein Drink drauf gekippt.« Zwar war das unfreiwillig passiert, ich hatte aber auch keine Lust darüber mit Justin zu reden. »Okay, ich lass das jetzt mal so stehen. Kommst du auch nachher runter zur Bar?«

»Wann?«

»Heute Abend steigt da wohl ‚ne Party. Ein paar Drinks könntest du, glaube ich, auch vertragen, und solange Helena nicht im Hotel ist, kannst du von mir aus auch eine Tussi flachlegen.« Oh ja, ich bräuchte auch eine Erlaubnis von Justin, um unverfänglichen Sex zu haben. Von wegen. Aber ich dachte tatsächlich die ganze Zeit darüber nach, Hannah endlich flachzulegen. Es würde helfen, Hannah gänzlich aus meinem Kopf zu bekommen.

Einige Stunden später war Julia mit ihrem Werk fertig. Ich schminkte mich zwar, aber sie wollte mir unbedingt die Haare machen, dann auch noch die Schuhe aussuchen usw. Aber ich kannte sie nicht anders. Julia war immer schon die Nummer eins darin, anderen Menschen ihren Stempel aufzudrücken.

Als ich mich im Spiegel mal allein ansehen konnte, sah ich, dass es nicht schlecht aussah, ganz im Gegenteil. Sie hatte meine Haare in regelmäßige Locken verwandelt, dazu hatte sie mir eine Blüte hinter das Ohr ins Haar gesteckt.

Das Kleid war trägerlos und knielang. Ein typisches Strandkleid, das dennoch edel aussah, da der Stoff hochwertiger war. Ich hatte wirklich schon Bräune abbekommen. Das weiße Kleid sorgte dafür, dass man das auch sehen konnte.

»Und? Wie gefällst du dir?«, fragte Julia mich, die sich kleine Ohrringe ansteckte.

Ihr Kleid war auch knielang und eng anliegend. Ihre Brüste wirkten jetzt noch größer in dem Aufzug. Aber das war schon immer der Kontrast zwischen uns. Sie zeigte. Ich versteckte.

»Danke für das Kleid«, antwortete ich ihr lächelnd.

»Kein Problem. Es steht dir wirklich sehr gut.«

»Danke. Du siehst auch einfach klasse aus.«

»Ich weiß, aber du wirst sie vom Hocker hauen«, zwinkerte sie mir zu. Julia war schon immer von sich selbst überzeugt, das bewunderte ich. Ihr Kompliment tat mir deswegen auch ziemlich gut.

# Kapitel 6

## 2:0 für Sie

### - Adrian -

Das Licht am Pool war gedimmt, überall standen Fackeln herum, die für eine passende Atmosphäre sorgten.

Die Bar und die umliegenden Tische waren das Hauptaugenmerk. Musik spielte, die Tische waren kaum besetzt, die Bar dafür umso mehr.

Ich stand am Bartresen und hatte mir bereits einen Drink besorgt. Zur Sicherheit hatte ich mir ein nicht mehr ganz so teures Hemd angezogen. Wer wusste schon, was jetzt wieder passieren würde, wenn mir Hannah begegnen würde. Sie hatte mich dermaßen provoziert, dass ich seit Stunden immer wieder mit einem Ständer rumlief.

Wann hatte ich eigentlich das letzte Mal so lange an eine einzige Frau gedacht?

Hannah war geheimnisvoll, weil sie ständig Dinge tat, die ich einfach nicht kommen sah. Sie war so schwer zu lesen.

Insgeheim wusste ich, wie ich das beenden konnte. Damit diese Ablenkung endlich aufhörte. Justin zählte auf mich, und mir war bewusst, dass unser Auftrag flöten gehen würde, wenn ich weiter so unkonzentriert war. Sie, Hannah, durfte mir nicht dazwischenkommen, und das würde sie auch nicht. Dafür würde ich schon sorgen.

Noch keine Frau hatte es geschafft, außer ...

»Shit, guck dir die mal an«, sprach ein Kerl neben mir, und starrte in dieselbe Richtung wie sein Kumpel.

Ich drehte mich mit um und sah Hannah.

Sie sah atemberaubend aus. Das Kleid, ihre leichte Bräune, ihr hübsches Gesicht, das sich perfekt in das Erscheinungsbild einfügte. Sie sah aus wie eine griechische Göttin. Und so langsam brach meine Fassade. Wie war das? Es würde alles nach Plan laufen? Das erste Mal war ich mir nicht mehr so sicher.

»Ja, mit den Männern hier kann man arbeiten«, flüsterte Julia mir zu, und sah sich weiter um. Ich folgte ihr zur Bar. Und hörte plötzlich einige Pfiffe. Wer zum Teufel war das?

»Was willst du trinken, Hannah?«, fragte mich Julia und sah sich nach einem Kellner um. Sie fühlte sich gerade pudelwohl.

Ich bemerkte die Männer, die an der Bar standen und mich anschauten. Auch Adrian war unter ihnen. Er stand angelehnt am Tresen und starrte in seinen Drink.

Dann sag halt nicht Hallo. Blödmann.

Aber würde ich jemanden begrüßen wollen, der einen erst vor kurzem noch erpresst hatte?

»Geht aufs Haus«, erklärte der Barkeeper, und stellte uns zwei Cocktails hin.

»Oh, wie aufmerksam. Von wem?«, fragte Julia viel zu übertrieben freundlich.

Der Barkeeper zeigte zu zwei Männern, die an einem Tisch saßen und uns lächelnd zunickten. Sie waren beide gut aussehend. Einer war blond, trainiert, der andere schwarzhaarig.

»Da sollten wir mal Danke sagen, findest du nicht auch?« Julia nahm ihren Cocktail und ging auf die beiden wie selbstverständlich zu.

Ich wollte ihr gerade hinterher, als ein anderer Mann sich mir in den Weg stellte. Er hatte klare blaue Augen und lächelte mich gekonnt an. Dann musterte er mich, als würde er unter den Stoff meines Kleides schauen können.

»Hey.«

»Hi?« Ich wartete auf mehr, aber irgendwie starrte er nur weiter. »Kommt noch was?«, fragte ich ihn.

»Du siehst toll aus«, platzte es aus ihm heraus.

»Okay«, war meine platte Antwort.

Er sah nicht schlecht aus, hatte aber keine Ahnung, was er anscheinend sonst zu mir sagen sollte. Ein verdammt schlechter Start.

»Chance vertan,« ertönte eine mir viel zu bekannte Stimme.

Ich fluchte innerlich. Jetzt mischte sich auch noch Adrian ein. Er stellte sich zu uns. Viel zu lässig, wie ich fand. Seine Hände hatte er in die Hosentaschen gesteckt.

»Sie hat kein Interesse. Ist leicht zu sehen«, erklärte er dem Fremden, und er ließ sich anscheinend von Adrians Art beirren.

Der Unbekannte lächelte mich unsicher an und verschwand dann wieder an die Bar.

»Musste das sein?«, fauchte ich ihn genervt an.

Adrian zuckte mit den Schultern. »Es war offensichtlich, dass er keine Ahnung hatte, wie er ins Gespräch mit dir kommen sollte. Vermutlich weiß er sowieso nicht, wie er mit Frauen umgehen soll.«

»Und dann muss man ihn vorführen? Ist das eigentlich dein Hobby?« Er sah mich verwirrt an. »Jedes Mal wenn ich nur mit einem Typen spreche, tauchst du hier auf, markierst den selbstgefälligen Schnösel und sorgst dafür, dass jeder andere Kerl abhaut.« Abwartend schaute ich ihn an. Adrian sollte verdammt noch mal was dazu sagen. Sonst war er doch auch nicht so wortkarg.

Adrian schaute mich jetzt so unsicher an, wie der Fremde es gerade getan hatte.

»Gut, wenn du nichts dazu sagen willst, auch in Ordnung. Dann lass mich aber auch gefälligst in Ruhe, ist das klar?«

»Ich glaube, du warst deutlich genug«, antwortete er mir und fuhr sich durch sein schönes Haar. Er trug es anders als damals. Heute hatte er sie etwas zurückgegelt.

Keine Schwäche, Hannah. Der Kerl weiß selbst nicht, was er will. Und du willst doch auch, dass er dich in Ruhe lässt. Gemeinsame Nacht hin oder her.

Ohne mich weiter mit ihm auseinanderzusetzen, lief ich zu Julia und den zwei Männern.

»Alles okay?«, fragte mich Julia und beäugte mich misstrauisch.

»Sicher«, log ich.

Ich stand schon mehrere Drinks lang an der Bar und starrte immer wieder zu Hannah, ihrer Freundin und diesen zwei geleckten Idioten. Wie oft hatte sie jetzt seine Schulter berührt? Hannah suchte Körperkontakt, das war gar nicht gut.

»Nichts Vernünftiges hier?«, fragte Justin mich, der sich zu mir an die Theke setzte und seinen Blick über das Gelände schweifen ließ.

»Hab schon Besseres gesehen,« murmelte ich und trank einen Schluck.

»Immer noch so mies drauf? Oder ne Abfuhr kassiert?« Er zeigte dem Barkeeper, dass er denselben Drink wie ich haben wollte, und sah mich dann abwartend an. Als würde ich ihm eine Erklärung geben können. Ich wusste doch selbst nicht, was hier passierte und groß Lust über Hannah zu reden, hatte ich ganz sicher auch nicht. Warum auch?

Hannahs Freundin sah auf einmal in unsere Richtung, und nickte höflich, während Justin ihr zuwinkte. Ich verstand nur Bahnhof.

»Du kennst sie?,« hakte ich neugierig nach.

»Ihre Schwester hat meinen Bruder geheiratet,« antwortete Justin beiläufig und nahm den Drink vom Barkeeper entgegen.

Was ist das denn jetzt für ein Zufall? Stirnrunzelnd schaute ich wieder zu Hannah. Kannte ich sie daher? Aber wann hatte ich denn mal mit Justins Familie zu tun gehabt? Selten. Sehr selten.

»Und ihre Freundin?,« fragte ich weiter, um endlich dieses Puzzle zu lösen, das sich in meinem Kopf befand und nicht gelöst werden konnte.

»Du meinst Hannah?« Jetzt sah er wieder zu den vieren, die sich angeregt unterhielten. »Sie ist mit Julia hier.«

Das konnte ich auch sehen!

»Hübsch ist sie ja«, lächelte Justin. Jetzt gaffte er auch noch Hannah an, fluchte ich innerlich. »Sie ist eher schüchtern«, redete mein Geschäftspartner weiter. »Heute Morgen hatte ich das Vergnügen mit Julia zu frühstücken. Ich sage dir, sie erzählt und erzählt. Kein Ende in Sicht.«

»Tun das nicht die meisten?«

Justin nickte lächelnd. »Stimmt. Stehst du auf sie?«, fragte er mich jetzt.

»Ist mir zu anstrengend«, antwortete ich ihm und trank einen Schluck von meinem Drink. Ich kannte diese Julia nicht, hatte sie noch nie gesehen. Aber diese Hannah ...

»So wie ich das verstanden habe, ist diese Hannah auch ‚ne Verrückte. Hat hier wohl einen Typen wieder erkannt, er sie aber nicht. Hab die Story nicht ganz verstanden, weil Julia einfach nicht aufhören konnte zu quasseln. Nicht zu ertragen!«

Ich hielt den Drink weiter in meiner Hand und starrte hinein. Justins Worte ließen mich einfach nicht in Ruhe. Hannah hat hier also einen Typen wiedererkannt. Er sie aber nicht ...

Ich entwickelte langsam Kopfschmerzen, so intensiv dachte ich über alles nach. Hannah. Der Pool. Dieser wütende Blick. Ihre abwehrende Haltung mir gegenüber. Hannah. Diese Augen. Dieses Wiedererkennen ...

»Alles klar, Mann?«, fragte Justin mich und sah mich besorgt an.

»Dieses Biest. Von wegen Biene!«, brummte ich und plötzlich machte alles einen Sinn.

»Sag mal, wie viele Drinks hattest du bereits?« Justin hatte ja keine Ahnung.

# Kapitel 7

## Wahrheiten

### - Hannah -

Julia und ich unterhielten uns wirklich gut mit James und Howard.

Sie kamen aus Leeds, hatten einen tollen Akzent und waren echt witzig.

»Wir holen euch noch Drinks, wenn ihr wollt?«, fragte James uns, und wir nickten.

»Danke,« antwortete ich. Als die beiden aufstanden und zur Bar gingen, sah ich auch Justin an der Bar stehen. Und dieser verfluchte Adrian stand auch noch dort.

»Sag mal, ist das dein Schwager, der da mit Adrian quatscht?«, fragte ich Julia, die jetzt zur Bar schaute. Ihr Gesicht wurde leichenblass, während sie ihm höflich zunickte.

»Ach, du ...«

»Was wolltest du sagen?«

»Nichts.« Sie griff sich die Cocktailkarte vom Tisch und starrte hinein.

»Julia?«, fragte ich sie noch mal eindringlicher.

»Mhm?« Sie sah immer noch nicht auf.

»Warum unterhalten sich die beiden?«

»Keine Ahnung, echt nicht.« Sie klang so unsicher. Julia log. Und ich starrte sie jetzt an. So würde sie sicher mürbe.

»Was?«, fauchte sie, als sie mich wieder anschaute.

»Du weißt was, und ich will, dass du mir sagst, was.«

»Okay.« Sie schlug die Karte wieder zu, und legte sie auf den Tisch zurück.

»Es könnte sein, dass dein Adrian der Geschäftspartner von Justin ist. Wenn ich die beiden so reden sehe, bin ich mir fast schon sicher.«

Ich seufzte. Was will man mir eigentlich in diesem Urlaub noch alles antun? War das der Preis für ein kostenloses Zimmer?

»Es tut mir leid, Hannah.«

Ich sah Julia fragend an. »Wieso?«

»Es könnte sein ... dass ich Justin beim Frühstück vielleicht etwas zu viel von deinem kleinen Abenteuer erzählt habe.«

»Was?« Mein Herz fing an, wie verrückt in meiner Brust zu schlagen. Die Panik überkam mich. »Bist du total bekloppt? Wieso erzählst du einem Wildfremden, was damals passiert ist?«

Ich wollte nicht so laut werden oder wütend, aber ständig hatte Julia eine große Klappe, und plapperte bis der Arzt kam.

Dazu hatte ich nie etwas gesagt, aber jetzt zog sie mich mit da rein!

»Justin ist doch kein Wildfremder«, verteidigte sie sich, aber das brachte mir gar nichts. Sie hatte ihn nie erwähnt, so wichtig konnte er ihr also nicht sein.

Ich war einfach nur sauer. Sauer auf sie, sauer auf Adrian, sauer auf jeden.

»Ich weiß, es ist nicht gerade klug von mir gewesen, aber vielleicht sagt er Adrian ja gar nichts. Männer reden doch sowieso nicht über solches Zeug.«

Julia strich mir behutsam über die Schulter, und so langsam beruhigte ich mich wieder. Vielleicht hatte sie ja recht.

Justin war eher der Geschäftsmann, warum sollte er überhaupt zuhören, wenn Julia ihn mit blöder Tratscherei bedrängte.

»Oho«, kam es von Julia, und ich folgte ihrem Blick.

Adrian kam auf uns zu, und mein Herz rutschte mir vor Schreck in die Hose, hätte ich eine Hose angehabt.

Sein Blick war fest auf mich gerichtet, er sah wütend aus. Fluchtartig stand ich auf, und lief in die andere Richtung. Keine Ahnung, was ich mir dabei gedacht hatte, aber die Panik war gerade viel größer.

Mich mit ihm auseinandersetzen konnte ich gerade nicht. Nach der Nummer mit Ilias, seiner arroganten Art und seiner Freundin, war er tabu.

Die Lichter im Pool fielen mir ins Auge, während ich am Beckenrand entlanglief. Ich würde rennen, wenn das nicht total bescheuert aussehen würde.

»Jetzt warte mal,« rief Adrian mir zu, und doch blieb ich nicht stehen. Dann jedoch griff er meinen Arm: »Hannah!«

Reflexartig versuchte ich mich aus seinem Griff zu befreien, drehte mich dabei um, hatte aber zu viel

Schwung und landete schreiend im Pool. Das darf doch nicht wahr sein!

Als ich wieder auftauchte und mir durchs Haar fuhr, damit ich etwas sehen konnte, holte ich erst einmal tief Luft. Ich erkannte Adrian am Rand des Beckens. Er sah mich mit großen Augen an, wirkte geschockt.

»Das hast du extra gemacht!«

Er fand seine Fassung sofort wieder.

»Was? Quatsch. Du hast den Halt verloren!«, protestierte er. Ich schwamm durch den Pool und nahm die Leiter.

Mann, war das Kleid schwer.

»Komm, ich helfe dir hoch.« Er hielt mir seine Hand hin, ich ignorierte sie und stieg allein hoch. Das Wasser tropfte an mir herunter, und es fühlte sich trotz der Temperaturen kalt an.

»Alles in Ordnung, Hannah?« Julia kam auf mich zu, gefolgt von Justin. Ihre Mundwinkel zuckten. Ja, es war komisch. Lacht mich ruhig aus.

»Mein Gott, es ist ein bisschen Wasser. Verschwindet schon«, fauchte ich, und Julia ließ sich nicht zweimal bitten. Sie ging wieder zurück. Justin jedoch starrte mich an. Ich drückte mein nasses Haar aus.

»Ist was?«, zickte ich ihn an.

»Na ja ...« Er fuchtelte mit den Händen. »Du ...« Bekam er auch mal zusammenhängende Sätze heraus?

Jetzt sah auch Adrian mich an, als hätte er etwas entdeckt. Er griff mich am Arm, und schob mich ins Hotel. »Komm mal mit.«

»Hey, was soll das? Ich kann auch alleine ins Hotel!«

»Jetzt beruhig dich mal.« Aber nein, ich stieß ihn immer wieder vor die Brust. Er sollte mich verflucht noch mal loslassen.

Das tat er dann auch, als wir in der Lobby ankamen. Gott sei Dank war nicht mal die Rezeption besetzt. Ich musste vielleicht bescheuert aussehen.

»Was sollte das?«, fragte ich ihn genervt.

»Du zeigst etwas zu viel«, antwortete er mir wütend, und schaute auf mein Kleid. Ich sah hinunter, das Kleid war natürlich komplett durchsichtig geworden. Man sah meine Unterwäsche. Oh Gott, wie peinlich.

Erst der Pool, jetzt das. Kann es eigentlich noch peinlicher werden? Peinlich berührt, hielt ich meine Hände vor meinem Ausschnitt. Das wäre nicht passiert, wenn er mir nicht hinterhergelaufen wäre. »Bist du jetzt zufrieden?«, fauchte ich ihn wütend an.

Er sah mich stirnrunzelnd an. »Zufrieden? Glaubst du etwa, ich wollte, dass du in den Pool fliegst? Ich wollte nur mit dir reden.«

»Oh, jetzt sind wir wieder beim ‚Du'. Es ist wirklich interessant, wie du immer die Regeln änderst«, fauchte ich und gestikulierte wild mit den Händen herum, aber Adrian steckte seufzend seine Hände in seine Hosentaschen. Als wäre diese ganze Sache überhaupt nicht seine Schuld. Will der mich weiter provozieren?

»Fertig?«, fragte er mich und zog eine Braue hoch.

»Das sind wir schon lange!« Um genau zu sagen, wir waren drei Jahre schon fertig miteinander. Er wusste es nur nicht! Arschloch!

Bevor ich ihm da noch weiter fast Nacktmodell stand, drehte ich mich um und ging zu den Fahrstühlen. Ich drückte einen Knopf und betete einfach, dass sich eine der Türen schnell öffnete. Und doch musste ich warten.

Ich spürte seine Anwesenheit, er stellte sich neben mich und starrte mit mir die Anzeige an. Eine ganze Weile sagte er nichts.

»Ich glaube, wir sollten da noch etwas klären«, begann er ruhig mit mir zu reden. Ich schloss kurz die Augen.

Er weiß es.

Wie oft hatte ich mich in den letzten Stunden gefragt, was wäre, wenn er wüsste, wer ich war?

Aber jetzt wusste er es nur, weil Justin was gesagt haben musste. Und nicht, weil er sich an mich oder die gemeinsame Nacht erinnerte.

Warum sollte das jetzt also was ändern?

Es änderte sich doch nichts, oder?

Wenn Adrian in meinem Zimmer wäre, während ich mich umzog ...

Nein, das war keine gute Idee und es wäre ganz einfach falsch!

Ich bekam ja jetzt schon wieder Herzklopfen, wenn er so nah neben mir stand!

»Ich will aber nichts klären«, antwortete ich ihm, diesmal viel ruhiger. Ich klang, als würde ich dabei Schmerzen haben.

»Wieso hab ich das Gefühl, dass du immer nur das sagst, was du *nicht* willst?« Und jetzt drehte er sich zu mir, und schaute mich an. Ich schluckte, starrte aber immer noch zu den geschlossenen Fahrstuhltüren.

»Weil ich so bin«, antwortete ich ihm, ohne nachzudenken.

Die Fahrstuhltüren glitten auf, ich stieg ein, drückte meine Etage und sah ihn an.

Adrian stand noch immer vor der Tür.

Ich wollte ihn nicht ansehen, wirklich nicht. Dazu war einfach gerade zu viel los gewesen.

Aber seine Augen zogen mich einfach an, und da erschien plötzlich ein Lächeln auf seinen Lippen.

Die Türen schlossen sich, und doch sagte er noch kurz davor meinen Namen.

Als wüsste er, wem dieser Name jetzt gehörte.

Der Frau aus der Bar.

# Kapitel 8

### Die Frau aus der Bar

- Adrian -

Ich stand noch einige Minuten vor der geschlossenen Fahrstuhltür. Als könnte ich hier nicht fort.

Diese Antwort, die sie mir gegeben hatte. Es war genau die gleiche Antwort, die ich damals von ihr in dieser Bar bekommen hatte.

Nie hatte ich auch nur im Ansatz geglaubt, dass Hannah diese Frau gewesen sein könnte. Sie sah damals anders aus. Kürzeres Haar, Strähnen, sogar die Figur war leicht anders. Ihr Hintern war geformter als früher, aber es war doch der gleiche!

»Ist sie allein hoch?«, fragte Justin mich und stellte sich zu mir.

Ich verdrehte die Augen, weil das ja wohl offensichtlich war.

»War sie sehr sauer? Sie wirkte so ...«

»Weil du ihr auf die Titten gegafft hast?«, fragte ich ihn leicht gereizt. Mir ging es gegen den Strich, dass er so einen Blick auf sie gehabt hatte. Auch wenn am Strand theoretisch alle Frauen in einem Bikini herumliefen. Sinn ergab meine Wut gerade nicht.

»Ich meine eher, weil sie ins Wasser gefallen ist. Zieht sie sich jetzt um und kommt wieder runter?«, fragte Justin mich.

Ich glaubte nicht daran. Nicht, nachdem sie so wütend gewesen war. Aber wieso war sie so wütend? Sie war ja schon vorher vor mir geflohen. Aber warum?

»Willst du nicht wieder raus?«, fragte ich Justin zögerlich und hoffte es. Ich wollte zu ihr. Wollte Hannah folgen. Mit ihr reden, Fragen beantwortet bekommen.

»Helena hat gerade angerufen. Du hast dein Handy an der Bar vergessen«. Justin hielt mir mein Handy hin. Ich verdrehte genervt die Augen und nahm es mir. »Sie wollte vorbeischauen. Also sei froh, dass das mit dieser Hannah nicht ganz eskaliert ist. Was wolltest du eigentlich von ihr?«

Ich zuckte mit den Schultern. »Frag mich nicht.«

»Gut, ich hab Helena gesagt, dass wir an der Bar auf sie warten. Also setz dein Lächeln auf und mach ihr gleich schöne Augen.« Ich bemühte mich zu lächeln. Auch wenn ich eigentlich jemand ganz anderen zum Lächeln bringen wollte.

Ich saß immer noch pitschnass auf meinem Bett.

Er weiß es. Oder weiß er es nicht?

Aber was sollte er sonst von mir wollen? Okay, ich war nicht immer ganz nett zu ihm, vielleicht hatte er mich deswegen nicht darauf angesprochen. Ich schüttelte vehement den Kopf.

Ich wollte auch nicht liebevoll sein, schon gar nicht zu Adrian. Aber was er da gesagt hatte ...

»Wieso hab ich das Gefühl, dass du immer nur das sagst, was du *nicht* willst?«

Ich hatte ihm nur die Wahrheit gesagt. Ich war so. Lieber sprach ich aus, dass ich etwas nicht wollte, als wenn ich es versuchen und am Ende enttäuscht werden würde.

Adrian brachte mich ständig auf die Palme, jetzt saß ich hier und war klatschnass. Da sah man doch schon, wie schwierig es wäre, mit ihm nur einen vernünftigen Satz zu wechseln.

Ich sah mich in meinem schönen Zimmer um, aber es war verdammt ruhig, weil ich allein war. So war der Abend irgendwie nicht geplant gewesen. Es hatte mir echt Spaß gemacht, mit Julia und den Jungs. Und jetzt saß ich hier, zu stur, um wieder herunterzugehen. Ja, ich war stur ... aber das vor jemanden zugeben? Niemals!

Ich stand auf, und spürte das schwere und nasse Kleid an mir kleben. Eklig, nichts wie weg damit.

Schnell zog ich es aus, und seufzte erleichtert auf. Das war schon viel besser.

Ich nahm mir den Bademantel aus dem Badezimmer, legte ihn über und ging auf den Balkon, um den Sternenhimmel zu sehen.

Das Wetter war selbst nachts wunderschön und der Himmel sternenklar. Nicht überraschend, aber wenn man ständig dem Londoner Regen ausgeliefert war, war selbst eine regenfreie Woche etwas Besonderes.

Bis auf das Wetter war ich bisher von gar nichts richtig begeistert gewesen. Ich kam nicht einmal richtig zur Ruhe. Und war das nicht einer der wichtigsten Gründe, überhaupt in den Flieger zu steigen, um in einem wärmeren Land Urlaub zu machen?

Ich hörte die Musik von unten an der Bar spielen und schaute neugierig über das Balkongeländer.

Immer noch war die Bar voll besucht. Ich erkannte Julia, die wieder fröhlich mit James und Howard tratschte.

Doch dann fiel mir etwas ins Auge. Nein jemand, der mir sprichwörtlich die Luft nahm. Diese Frau … seine Frau. Selbst von hier oben erkannte ich sie.

Adrians platinblonde Freundin betrat den Poolbereich und wurde von Justin umarmt. Und dann kam Adrians Auftritt. Er umarmte sie. Diese hielt viel länger an, als die von seinem Geschäftspartner.

Seine Freundin gab ihm einen Kuss auf die Wange, der auch viel zu lange dauerte. Ich schnaubte verächtlich. Ja, von wegen nicht seine Freundin. Wen will der hier eigentlich verarschen?

Und da wurde es mir klar. Was machte es schon aus, wenn er das mit uns wusste? Was sollte das denn noch bedeuten?

Nichts, es sind drei Jahre vergangen. Es war eine Nacht, ohne jegliche Verpflichtung. Aber warum dachte ich immer wieder an Adrian? Warum machte es mir überhaupt was aus, dass er sein Leben lebte?

Ich ging schnell wieder ins Zimmer zurück und beschloss duschen zu gehen. Den Kopf frei zu kriegen. Und morgen würde die Welt schon wieder ganz anders aussehen.

Die Welt sah einen Tag später wirklich wieder anders aus. Zumindest was unser Reiseziel für heute anging. Julia und ich waren nämlich in der Stadt Rhodos, dem Hauptort der Insel. Wir gingen shoppen, etwas essen und entspannten uns endlich richtig dabei.

Natürlich half es sehr, Adrian nicht begegnen zu können.

Die Idee, etwas auswärts zu machen, war wundervoll. Wir besuchten die alte Innenstadt, schossen tausende Selfies, lachten viel, genossen es, einfach zusammen Zeit zu verbringen. Wie damals. Julia und ich hatten so etwas einfach zu selten gemacht. Und ja, in den Stunden vergaß ich alles. Es war toll.

Gegen Mittag saßen wir in einem schönen kleinen griechischem Restaurant.

»Wow, das schmeckt echt gut«, schmatzte Julia vor sich hin und aß genüsslich weiter.

»Ja, die Griechen können es«, lächelte ich und trank von meiner Cola.

»Und was wollen wir gleich noch machen? Bitte nicht mehr so viel laufen, meine Füße bringen mich noch um«, jammerte sie viel zu übertrieben. Ich gab Julia recht, mir taten die Füße auch schon weh.

»Zurückfahren ist keine Option?«, fragte sie mit vorsichtigem Blick zu mir.

Ich seufzte. »Können wir gerne machen, dann leg ich mich halt noch etwas hin. Hab eh nicht gut geschlafen.«

»Okay«, antwortete sie mir und wirkte ziemlich zufrieden, dann legte sie die Gabel auf den Tisch, als hätte sie etwas vor.

»Ich weiß, dass du wegen gestern nicht reden willst. Das akzeptiere ich. Aber willst du jetzt den ganzen Urlaub im Hotelzimmer verbringen?«

»Nein, aber ...«

»Wir zahlen zwar nicht viel, aber ein bisschen Zeit mit meiner besten Freundin verbringen, ob am Strand oder am Pool, würde mich schon freuen. Meinst du nicht, dass du vielleicht einfach über dieser Sache stehen solltest?«, fragte sie und wirkte ziemlich vorsichtig in ihrem Ton. Als wäre ich aus Glas oder so was.

Trotzdem gab sie mir das Gefühl, dass sie diese Sache mit Adrian ernst genug nahm. Sie machte sich nicht über mich lustig und das war schon etwas, das mich beruhigte.

»Okay, wir können nachher ja noch am Strand liegen.«

Und dann war das Thema auch schon erledigt. Zumindest für mich, denn Julia sah mich noch immer mit Argusaugen an, als würde ich gleich durchdrehen oder so.

»Ist noch was?«, fragte ich sie leicht gereizt und biss in eine Fritte.

Ich musste nach dem Urlaub unbedingt wieder joggen gehen. Ich aß ja nur noch.

»Wir haben noch gar nicht darüber gesprochen, was wir uns am Strand an den Kopf geworfen haben«, sprach sie mich tatsächlich wegen unseres Streits an.

Julia sah mich zögerlich an. Wollte sie wirklich über unsere Diskussionen reden? Was völlig Neues! Wenn wir mal stritten, tat sie so, als wäre sie nicht schuld und ich wäre halt das Problem. So war es schon immer zwischen uns gewesen.

»Dann fang ich mal an«, räusperte sie sich. »Ich hab es genau so gemeint, wie ich es gesagt habe. Aber ich vergesse ständig, dass es dich verletzt, wenn ich die Dinge so ausspreche, wie ich es nun mal tue«, gestand sie wehmütig.

Ich nickte. »Das stimmt«, antwortete ich leicht irritiert.

»Du weißt, du bist meine beste Freundin, Hannah. Das weißt du doch?« Sie sah mich fragend an, und ich nickte noch einmal.

Dann nahm sie meine Hand, und hielt sie fest. Sie fokussierte mich. Was wird das denn jetzt?

»Ich will einfach, dass du irgendwann den Richtigen erwischst. Denn du glaubst da noch dran, an den Traumprinzen usw. Ich denke, irgendwann wirst du auch ein paar Kinder bekommen, in einem schicken Haus wohnen und den Ehemann haben, der deiner würdig ist. Chris ist das alles aber nicht für dich. Sonst hättest du ihm damals nicht den Laufpass gegeben. Und nur, weil ihr am Telefon miteinander reden könnt, heißt das nicht, dass die ganze Basis eurer Beziehung nun eine andere wäre, wenn du es noch mal mit ihm versuchen würdest, verstehst du, was ich meine?«

Erstaunlicherweise verstand ich genau, was sie meinte. Und das alles von Julia. Die mich nie ernst genommen hatte.

Es kam kein schwarzer Humor, kein Sarkasmus, kein lächerlicher Spruch, der mich wieder darüber zweifeln ließ, ob sie überhaupt eine Freundin für mich war.

Nein, Julia zeigte jetzt eine ganz andere Seite von sich. Sie nahm mich wirklich ernst.

»Julia ...« Ich erwiderte den Druck auf meine Hand dankbar.

»Das mit Adrian ist scheiße gelaufen, ehrlich, Hannah. Wer hätte gedacht, dass so was überhaupt passieren kann? Aber hey, wer sagt denn, dass er der Grund sein muss, dass unser Urlaub ins Wasser fällt? Ich meine, ja, er ist heiß, aber es gibt besseres Material. Oder nicht?!« Julia lächelte und zwinkerte mir verschwörerisch zu. Ich verstand nur Bahnhof.

Doch dann drehte sie sich einfach um und begann ein Gespräch mit dem Nachbartisch, der natürlich besetzt war mit zwei jungen Männern. Und was für Männer. Sie waren attraktiv!

Julia konnte es einfach nicht lassen, aber so war sie nun mal. Und deswegen mochte ich sie auch. Ihre Offenheit gerade berührte mich. Und die Männer hier, sollten mich ablenken. Das tat sie für mich. Und sie hatte ja recht. Ich sollte Griechenland einfach genießen. Adrian hin oder her.

Ich reichte dem Typen, der sich mit seinem Kumpel zu uns setzte, die Hand und lächelte.

Was war auszusetzen an einem kleinen Flirt?

Wir kamen erst abends wieder ins Hotel.

Nach dem Mittagessen waren wir mit Ron und Bobby - so hießen die beiden, die Julia angesprochen hatte - noch spazieren gegangen. Es war echt lustig gewesen. Die beiden kamen aus Schottland und besaßen einen tollen Humor.

Nachdem wir unsere Handynummern ausgetauscht hatten, was aber für Julia einfach nicht viel bedeutete, wollten wir uns noch vom Abendessen im Hotel bedienen.

»Ihr schreibt schon?«, fragte ich Julia, die wie wild in ihrem Handy tippte.

»Klar, wieso auch nicht? Ron war süß.«

»Deren Hotel ist doch einige Kilometer von unserem entfernt.«

Julia zuckte mit den Schultern. »Als wenn mich das aufhalten würde.«

Jepp, stimmte auch wieder.

Die Lobby war gut besucht, weil es immer noch Dinnerzeit war.

»Sollen wir uns noch umziehen?«, fragte ich sie, aber Julia schüttelte schon den Kopf. »Halt ich nicht mehr aus. Habe jetzt Hunger.«

Wenn man sich nur mit Ron und Bobby unterhielt statt zu essen, war das auch kein Wunder.

»Okay.«

Wir wollten gerade den Poolbereich und das angrenzende Restaurant betreten, als ich ihn sah.

Adrian kam uns entgegen, er hatte wohl gerade gegessen.

Wie immer sah er super aus. Diesmal trug er ein Shirt, das eng an seinem Körper anlag, sodass ich jeden einzelnen Muskel sehen konnte.

Gott, er war so gut gebaut. Nur diesmal war es anders, er war nicht allein. Miss Platinblond lief neben ihm.

Eigentlich wollte ich nicht mehr hinsehen, aber hinsehen musste ich, als sie an uns vorbeiliefen.

Ich meinte, erkannt zu haben, wie er gerade noch die Hand an ihrem Rücken hatte, jetzt aber für Abstand sorgte.

Wegen mir? Ach was, ich sollte mir nichts einbilden.

»Das war sie also«, sprach Julia und sah ohne Scham zu den Fahrstühlen, die die beiden wohl benutzen wollten.

»Jepp.«

Ob er sie jetzt wohl mit aufs Zimmer nahm? Ja, warum auch nicht, sie war seine Freundin. Gott noch mal, reiß dich zusammen, Hannah.

»Komm, sonst ist gleich nichts mehr vom Essen übrig«, sagte ich, um hier endlich wegzukommen. Ich zog Julia mit ins Restaurant.

»Ich bin stolz auf dich, Hannah.« Ich sah sie verwirrt an, als ich ihr einen leeren Teller reichte, damit sie sich vom Buffet bedienen konnte.

»Wieso das?«

»Adrian hat die ganze Zeit zu dir rübergeschaut, und du hast keine Miene verzogen.«

Er hatte was?

Julia bildete sich das sicher nur ein. Adrian wollte zwar gestern noch mit mir reden, verbrachte aber jetzt lieber Zeit mit dieser Frau.

Wenn sie nicht seine feste Freundin war, dann mit Sicherheit seine nächste Eroberung. One-Night-Stands gegenüber war er halt nicht abgeneigt. Aber das war mir egal, das musste mir egal sein.

»Meine Damen, darf ich?«, fragte Justin uns, als er sich zu uns an den Tisch stellte. Wir waren schon fast fertig mit essen.

»Wir sind fast fertig und wollten hoch. Wir hatten einen langen Tag«, entschuldigte Julia sich und ich war froh, dass sie auch keine große Lust mehr auf Gesellschaft hatte.

Meine Füße schmerzten und ich wollte nur noch ins Zimmer, duschen und ins Bett.

»Klar, ich wollte mich eigentlich nur bei Hannah entschuldigen.«

Jetzt war ich verwirrt. »Wegen der Sache mit dem Pool und dem Kleid und dem ...«, entschuldigte er sich und zeigte unsicher auf meine Erscheinung.

»Ach das. Nein, das ist kein Problem. Ich hätte halt keine dunkle Unterwäsche anziehen sollen«, grinste ich leicht erheitert. Heute konnte ich über den unfreiwilligen Flug in den Pool lachen, würde Adrian vor mir stehen, sähe das sicher ganz anders aus.

Justin lächelte mich an und wirkte erleichtert. Hatte er erwartet, dass ich noch wütend wäre? Vermutlich.

»Ich werde morgen frei haben, da wollte ich die Ladys fragen, ob sie vielleicht Lust haben, mit mir aufs Meer rauszufahren?«, fragte er uns plötzlich.

Ich sah Julia mit großen Augen an. Sie war genauso überrascht.

»Rausfahren?«, fragte ich ihn.

»Ja, ich habe ein Boot gemietet. Und bräuchte noch Begleitung. Da dachte ich sofort an euch.« Julia klatschte vor Freude in die Hände, dann quiekte sie dazu noch, aber ich konnte nicht so einfach vergessen, dass er Adrians Geschäftspartner war.

»Also, nur wir drei?«, hakte ich zur Vorsicht nach. Er nickte. »Wir drei.«

Dann dürfte das ja kein Problem sein. Erleichtert nickte ich.

»Gerne.«

# Kapitel 9

### Ein ganz interessanter Ausflug

- Hannah -

Um zehn holte uns Justin ab. Julia war schon aufgeregt wie ein Schulmädchen gewesen.

Er fuhr uns mit einem gemieteten Wagen zu einer Bucht in der Nähe.

Der Ausblick war atemberaubend. Ein Hafen befand sich dort, und natürlich auch Justins reservierte kleine Yacht. Ich war noch nie auf einer Yacht gewesen. Nicht mal ansatzweise auf einem Boot.

»Wow, damit fahren wir?«, fragte Julia und sah sich wie ich begeistert um.

»Kommt rauf, Ladies. Dann könnt ihr euch das Dingen besser ansehen.«

Justin zog Julia mit sich, und half ihr auf die Yacht, als sie sich die Flip-Flops ausgezogen hatte. Ich tat es ihr gleich, und dann half mir auch Justin über den kleinen Steg auf die Yacht. »Danke.«

Er lächelte zaghaft. Justin war wirklich attraktiv und diese legere Kleidung stand ihm auch ausgezeichnet. »So, Ladys. Eure Sachen könnt ihr nach unten bringen und dann geht's schon los!« Er ging in die Kabine, wo die Steuerung zu finden war. Ich blickte zu Julia, die auch verwirrt aussah.

»Du fährst das Boot?«, fragte Julia ihn entsetzt.

Justin nickte, während er an ein paar Knöpfen herumdrückte. »Klar.«

Wir schauten immer noch unsicher dabei zu, und Justin bemerkte es.

»Ach, kommt schon. Ich hab den Schein seit drei Jahren.«

Sollte uns das jetzt beruhigen? Ich hatte keine Ahnung, was man alles tun musste, um solch eine Yacht steuern zu können.

»Du steuerst das Ding ganz allein?«, fragte Julia ihn noch mal.

»Allein ist das nicht möglich. Ah, da ist ja meine helfende Hand.«

Und da kamen sie. Adrian und seine blonde Göttin. Wie war das noch mal? Wir wären nur zu dritt? Natürlich. Justin hatte uns reingelegt.

Julia blickte mich kurz finster an. Sie hatte die beiden auch schon entdeckt.

Adrian sah blendend aus. Er trug ein weißes Hemd, das so locker saß, dass man sogar darunter schauen konnte. Und seine Freundin ... was sollte ich dazu sagen: zu viel Ausschnitt, zu viel Make-up, zu viel von allem.

Also passend für ihn. Ich zog meine Sonnenbrille wieder auf meine Nase, und fühlte mich etwas sicherer vor seinen Blicken.

Adrian half seiner Freundin, auf die Yacht zu kommen, und bemerkte uns beide dann auch. Er schien kurz innezuhalten, aber seine Miene konnte ich überhaupt nicht deuten. Als würde er versuchen sich nichts anzumerken zu lassen.

»Hallo«, quiekte die Blonde uns überschwänglich zu.

Julia und ich zuckten schon fast zusammen, so erschrocken waren wir von ihrer hohen Stimme. War die echt?

»Ich bin Helena«, sagte sie mit einem griechischen Akzent. Sie umarmte mich und dann Julia. Die Parfumwolke, die sie hinterließ, war unangenehm.

»Das ist meine Freundin Hannah«, antwortete Julia leicht genervt und zeigte auf mich, dann auf sich.

»Ich bin Julia.« Selbst ich bemerkte den feindseligen Ton in Julias Stimme.

»Schön, dass ich nicht die einzige Frau heute bin.« Sie wackelte überschwänglich mit ihren Brüsten. Julia sah mich an und presste belustigt die Lippen aufeinander. Ja, sie dachte dasselbe wie ich.

Dann ging Helena endlich runter mit ihrer kleinen Tasche in den Händen.

»Sicher, dass wir hier bleiben sollen?«, fragte Julia mich, und stellte sich näher an mich ran.

Ich holte einmal tief Luft. Mein Blick fiel zu Adrian, der sich mit Justin unterhielt.

Es war alles ganz anders gedacht heute. Es war ein ruhiger Tag auf der Yacht geplant.

Aber hey, er war nur ein One-Night-Stand. Wir hatten uns nichts mehr zu sagen. Das war ewig her. Ich konnte mich unter Kontrolle halten. Er hatte eine Freundin. Ich wollte einfach nur die letzten Tage genießen.

Voll motiviert, das hier zu packen, nickte ich. »Es ist alles okay, Julia. Lass uns einfach den Tag genießen.« Ich versuchte, so gelassen wie möglich zu klingen.

Dennoch seufzte Julia. Ich war wohl nicht so überzeugend. »Gut, wie du willst.«

Sie glaubte mir nicht, dass ich mich zusammenreißen konnte. Das würden wir ja mal sehen.

Wieder schaute ich zu Adrian rüber, der auch meinen Blick einfing. Mein Puls fing sofort an, schneller zu schlagen. Nein! Es ist alles okay.

Eine Stunde später waren wir tatsächlich auf dem Meer.

Die Sonne brannte auf uns herab, während Julia und ich vorne auf der Sonnenliege lagen.

Ich lag die ganze Zeit dort, Julia besorgte uns Drinks. Justin war immer wieder zu uns gekommen und plauderte mit uns, aber weit und breit war von Adrian nichts zu sehen.

Na ja, was sollten wir auch miteinander reden? Immerhin gab es immer nur peinliche Momente zwischen uns. Bei meinem Pech würde ich ihn noch ins Meer schubsen oder ihn auf einer einsamen Insel aussetzen.

»Es ist so heiß«, jammerte Julia, während sie ihre Brille seufzend absetzte.

»Mmh«, brummte ich, und ließ meine Augen immer noch geschlossen.

»Sag mal, wann warst du jemals so lange schweigsam?«, fragte sie mich.

»Ich bin nicht schweigsam, ich ruhe mich aus«, konterte ich.

»Huhu.« Ich seufzte genervt auf. Da kam sie also.

Helena stand mir sofort in der Sonne.

»Auch eingecremt?«, fragte sie mich.

Ich stützte mich auf meine Ellbogen ab und sah zu ihr hoch. Und verdammt noch mal ...

Helena trug einen sehr knappen Bikini. Sie besaß schöne runde große Brüste und ihre Hüften erst. Die waren schmaler als meine. Was für eine Figur. Das Oberteil des Bikinis war viel zu klein für ihre Oberweite, und das schien ihr nichts auszumachen. Helena sprach irgendwas, aber ich sah ihr nur dabei zu, wie sie sich neben uns setzte.

»Erzähl mal, Helena. Was machst du so?« Julia war neugierig.

»Ach, mein Dad hat ...« Ich verdrehte die Augen, das konnte sie dank meiner Sonnenbrille aber nicht sehen.

»Ich hol mir noch mal was zu trinken«, kam es von mir. Ich stand auf, ohne auf die beiden zu achten. Sie war anscheinend irgend so ein reiches Töchterchen, das Daddys Geld ausgab. Warum wunderte es mich nicht, dass Adrians Freundin keine Frau mit Substanz war?

Ich ging zu Justin hoch in die Kabine, nachdem ich mir meine Strandbluse anzog.

»Hey«, grüßte er mich.

»Na. Alles in Ordnung hier?« Ich sah mich neugierig um. Einen Felsen hatten wir noch nicht gestreift. Justin wirkte auch die ganze Zeit über souverän. Er sah mich amüsiert grinsend an, weil er meine Zweifel wohl immer noch in meinem Gesicht lesen konnte.

»Ich wollte eigentlich nur fragen, wo ich was zu trinken bekommen könnte«, lenkte ich ab.

»Sorry,« man sah ihm die Verwunderung an, »Julia war schon dreimal hier, und hatte mir panisch über den Rücken geschaut.«

»Ja, so ist sie.« Erst jetzt bemerkte ich, dass er oben ohne da stand. Justin war wirklich schön anzusehen.

»Getränke sind übrigens unten.«

»Danke.« Auch wenn Justin hübsch anzusehen war, war er irgendwie nicht mein Typ. Und ich auch nicht seiner.

Ich stieg die Stufen hinunter und fand die kleine, aber feine Küche sofort vor. Ich öffnete den Kühlschrank und holte mir eine Dose Cola heraus. Dann dachte ich an Helenas Körper und sah an meinem herab.

Vielleicht wäre Wasser doch besser. Dann griff ich mir die Wasserflasche. Ich schloss die Tür, drehte mich um und zuckte erschrocken zusammen. Adrian stand am Türrahmen mit verschränkten Armen vor seiner Brust und musterte mich. Er trug auch nur eine Badehose und somit konnte ich seinen nackten Oberkörper betrachten.

»Gott, musst du dich so anschleichen?«, zickte ich ihn genervt an. Er sollte ja nicht bemerken, wie verwirrend es war, ihn halbnackt zu sehen.

Adrian sagte kein einziges Wort. Stattdessen lag sein Blick auf mir. Seine Miene blieb ausdruckslos und das machte mich immer nervöser. Warum bewegte er sich nicht? Warum redete er nicht?

»Sprache verloren?«, fragte ich ihn immer noch gereizt.

Sein Mund öffnete sich und er schien einen Moment zu überlegen, bevor er sprach.

»Ich habe mich die ganze Zeit gefragt, wer du bist.«

Vor Schock hielt ich kurz die Luft an.

Ich spielte mit dem Verschluss meiner Flasche herum, konnte ihm kaum in die Augen sehen. Ich wusste, das würde mich verraten. Ich wollte ruhig wirken, wirklich. Aber wann hatte ich denn wirklich mal Kontrolle über mich, wenn es um Adrian ging? Nie.

»Du hast mir immer wieder gezeigt, dass du wütend auf mich bist. Und ich wusste, dass ich dich kannte.« Er sah kurz zur Decke. »Gott, es hat mich verrückt gemacht, nicht zu wissen ...« Er sah sich im Raum um, bis er dann wieder den Blick zu mir fand. Mein Herz schlug wie wild.

Ich schluckte, bemerkte dabei, dass mein Hals ganz trocken war.

»Julia fragt sich sicher, wo ich bleibe«, war alles, was ich sagen konnte.

Ich dachte nur an Flucht. Ja, wie immer die Flucht. Das wäre die einzige Möglichkeit, mich dieser Situation hier zu entziehen.

»Es ist mir scheißegal, wer wartet, oder wer da oben ist. Ich will Antworten, Hannah. Und die bekomme ich jetzt von dir!«

Verdammter Mist. Wieso hatte ich ihn nur in diesen blöden Pool geschubst?

Warum hatte ich mich überhaupt so aufgeregt, dass er mich nicht wiedererkannt hatte?

One-Night-Stands waren im 21. Jahrhundert etwas völlig Normales. Warum konnte ich nicht „normal" damit umgehen?

Plötzlich lief er auf mich zu. Ich war so überrascht darüber, dass ich rückwärts stolperte, bis ich mit dem Rücken an den Kühlschrank stieß. Es gab kein Entkommen mehr.

Adrian ließ mich nicht für eine Sekunde aus den Augen. Er stützte sich an den Kühlschrank und beugte sich runter zu mir. Meine Lippen zitterten aufgrund seiner Körpernähe.

»Eine Bar ...«, fing er an zu sprechen. Mein Herz schlug immer heftiger in meiner Brust. Bumm bumm. Achtete er auf meine Reaktion?

Er schaute auf meine Brust, die sich rasch hob und wieder senkte. »Alkohol ...« Bumm bumm. »Dein schwarzes Kleid ...« Bumm bumm. Er beugte sich noch etwas herunter, so dass seine Lippen fast meine streiften. »Du ...« Bumm bumm bumm.

Ich sog zitternd die Luft ein.

Er schmunzelte amüsiert, als hätte er genau diese Reaktion von mir erwartet. Seine Augen hielten meinem Blick die ganze Zeit über stand. Und dann roch ich sein Aftershave. Oh Gott, er trug es immer noch. Ich konnte mich tatsächlich noch an sein Aftershave erinnern? Das war gar nicht gut!

»Und dann dieser Satz ...«

»Welcher Satz?«, fragte ich ihn irritiert, und er grinste, als würde er sich freuen, dass ich endlich was gesagt hatte.

»Wieso hab ich das Gefühl, dass du immer nur das sagst, was du ganz genau *nicht* willst«, fragte er mich, und ich sah ihn an. Warum fragte er mich das denn schon wieder?

Moment mal, das hatte er mich damals auch gefragt, und ich hatte ihm geantwortet. Genauso wie vorgestern.

»Weil ich so bin«, antwortete ich ihm leise.

Sein Kopf bewegte sich leicht, er nickte. Und dann fiel sein Blick auf meine Lippen, ich konnte es deutlich sehen.

Bumm Bumm.

Meine Atmung ging schneller, er kam mir immer näher, und es war klar, dass er mich küssen würde, aber mein Verstand ... der war anderer Ansicht.

»Stopp!« Ich sagte es so laut, so schroff, dass er innehielt und seinen Kopf zurückzog. »Das ist keine gute Idee«, machte ich ihm klar.

Und da brach seine Fassade. Nichts war mehr zu sehen von seinem selbstbewussten Auftreten. Adrian fuhr sich durchs Haar, fluchte etwas, was ich nicht verstehen konnte, und zog sich noch einen Meter von mir zurück.

Ich stand noch immer am Kühlschrank angelehnt, wusste nicht, was ich tun sollte. Adrian fuhr sich durchs Gesicht und sah mich dann wieder an.

»Drei Jahre lang wusste ich nicht, wer du bist. Drei Jahre hab ich mich gefragt, wo du verdammt noch mal warst!«, fuhr er mich an.

Okay, das hatte ich jetzt so nicht erwartet. Adrian bemerkte, wie verwirrt ich war. Mein Herz schlug wie wild in meiner Brust. Er hatte mich gesucht. Er wollte mich wirklich kennenlernen? Über den One-Night-Stand hinaus?

Dann jedoch brach die Wirklichkeit über mich hinein.

»Es war ein One-Night-Stand«, versuchte ich so nüchtern, wie möglich zu antworten, klang aber leider leicht verzweifelt dabei.

»Das war es auch ... dachte ich zumindest ...« Er runzelte die Stirn, klang unsicher. Dann schaute er kurz zu Boden, bis er mich wieder mit festem Blick ansah. Mann, hatte Adrian einen intensiven Blick. Bumm. Bumm.

Er musste damit aufhören, mich so anzusehen. Ich holte tief Luft, straffte die Schulter und bog den Rücken durch. Adrian bemerkte meine Veränderung und musterte mich.

»Dir ist es also wieder eingefallen, gut. Dann lassen wir das peinliche Schweigen jetzt hinter uns und tun einfach so, als wäre das nicht passiert, okay?«

»Und das ist das Problem an der Sache.« Er klang leicht amüsiert, aber warum, wusste ich nicht. »Wenn es dir so egal wäre, wie du mir gerade anschaulich versuchst zu beweisen ...« Wieder trat er auf mich zu. Nicht schon wieder.

»Wieso ...«, redete er weiter, stoppte und lehnte sich wieder an den Kühlschrank, »... reagierst du dann so emotional, wenn ich in deiner Nähe bin?«

»Ich reagiere nicht ...«

Mir war klar, was er meinte. Unser Wiedersehen am Pool, dort wo ich ihn hineingeschubst hatte. Und warum hatte ich ihn geschubst? Weil ich sauer war, dass er mich nicht mehr erkannt hatte.

Er tauchte ständig irgendwo mit der griechischen Blondine auf, und ich reagierte total eifersüchtig. Könnte sie auch jetzt am liebsten umbringen.

Ich schaute Adrian an, der mich lächelnd ansah. Er schluckte merklich.

»Ich konnte dich nie vergessen.« Bumm. Bumm. Bumm. Bumm. Bumm. Bumm. Bumm. Bumm.

Mein Herz hörte gar nicht mehr auf schneller zu schlagen. Warum sagte er das? Ich verstand es einfach nicht. Ich verstand ihn einfach nicht.

Seine Hand fand plötzlich meine Hüfte. Nackte Haut auf nackte Haut. Als würden die Funken sprühen, Gänsehaut bildete sich ...

Ich spürte Adrians Atem auf meinen Lippen, so nah war er mir bereits. Nervös schluckte ich, er würde mich küssen ... und ich wollte es.

»Baby?« Ein griechischer Akzent rief nach ihm.

»Shit!«, fluchte Adrian und drehte sich zu Helena um, die uns aufmerksam musterte, dann sich abrupt umdrehte und wieder abhaute.

Schneller als mir lieb war, lief Adrian seiner Göttin hinterher. Ich blieb allein zurück. Angelehnt an den Kühlschrank, starrte ich vor mich hin. Ich schluckte, während ich mich panisch in der Küche umsah. Was war das gerade? Mein Herz schlug immer noch so schnell, als wäre ich einen Marathon gelaufen. Verdammt, gefühlstechnisch war ich das auch. Und jetzt lief er Helena hinterher.

Seiner Freundin.

Ich befühlte meine Stirn, als hätte ich Fieber. Habe ich, glaube ich, auch, wenn man bedenkt, was Adrian mit einer einzigen Berührung bei mir ausgelöst hat.

Dieser miese Mistkerl!

Jetzt wusste er über uns Bescheid und seine Freundin auch. Aber warum wollte er mich küssen? Das wollte er doch, oder? So blöde bin ich nun auch nicht, um das nicht zu merken. Meine Antennen waren durch Chris doch nicht total hinüber!

Und doch rannte er jetzt Helena hinterher. Ich schnaubte. Warum wohl? Ich war eine schnelle Nummer vor drei Jahren gewesen, wieso sollte er sein Glück nicht bei mir ein zweites Mal versuchen? Gott, war ich bescheuert.

»Hannah?« Julia kam mit gerunzelter Stirn in die Küche. Sie sah sofort, dass etwas nicht stimmte.

»Was ist hier los?«

Ich stellte mich wieder kerzengerade hin. »Nichts, Julia.« Ich seufzte, ich war einfach schlecht im Lügen.

»Das sehe ich anders. Helena sah total verstört aus, und Adrian rannte ihr hinterher, als würde ...«

Jetzt schien es ihr klar zu sein. »Ah, sie hat euch erwischt?«

»Nein. Ich meine, wir haben nicht ... ach verdammt.« Ich hielt meinen Nasenrücken einen Moment lang gedrückt.

»Hey, was ist denn los?« Sie strich mir sanft über den Oberarm.

»Er weiß es«, platzte es aus mir heraus.

»Dass ihr beide was miteinander hattet?«

Ich nickte.

»Und Helena hat das mitbekommen?«, fragte sie vorsichtig nach.

»Ich hab keine Ahnung, was sie genau mitbekommen hat, das ist mir aber auch egal. Er ist ein Arsch, der zu vielen Ärschen hinterherschaut.« Ich klang lauter, als ich es eigentlich sein wollte.

»Meinst du? Ich weiß nicht, aber irgendwie sieht es aus, als würde Helena mehr von Adrian wollen, als er von ihr.«

Jetzt hielt sie noch zu ihm? »Wem ist er gerade hinterhergelaufen, Julia? Ich stehe hier allein herum, während er seiner Freundin gerade erklärt, dass er mich nicht versucht hat zu küssen.«

»Oh, er wollte dich also küssen?« Jetzt klang sie sogar noch leicht erfreut darüber?

»Was ist denn los mit dir? Du warst doch dafür, dass ich ihm aus dem Weg gehe ... dass ich ihn vergessen soll!«, klärte ich sie wütend über ihre eigenen Worte auf. »Und jetzt versuchst du, eine Erklärung zu finden, wieso er seiner Freundin hinterherrennt, statt mal Klartext zu reden, was zwischen uns ist! Ich meine, war!«

Wieder schmunzelte sie. Ja, ich hatte mich versprochen. Aber anstatt einer Antwort, bekam ich von ihr nur ein Schulterzucken. Ich war auf 180, und anstatt sich mit mir aufzuregen, grinste sie. Waren heute alle total bescheuert im Kopf?

»Komm, wir gehen wieder hoch. Justin meinte, dass wir gleich zurückfahren.«

»Ich geh ganz bestimmt nicht nach oben«, stellte ich klar.

»Wieso?«

»Wieso?«, fragte ich ungläubig. »Weil Helena mich wahrscheinlich umbringt, weil sie denkt, dass das, was sie gesehen hat, irgendwie von Bedeutung wäre.«

»Das alles ist von Bedeutung, Hannah.« Jetzt klang Julia leicht genervt. »Ja, du hast gesagt, Adrian war ein One-Night-Stand. Mehr nicht. Das war aber, bevor ich gesehen habe, wie er dich die ganze Zeit über ansieht. Obwohl Helena neben ihm stand, hat er immer wieder deine Nähe und deinen Blick gesucht.« Jetzt verstand ich gar nichts mehr.

»Wovon sprichst du?«

Sie seufzte, als wäre ich schwer von Begriff.

»Die ganze Zeit über stand Adrian bei Justin, schaute aber immer wieder zu uns, zu dir, herüber. Und als Helena endlich mal von seiner Seite gewichen ist, ist er dir hinterher. Warum wohl?«

»Er wollte wissen, woher wir uns kennen«, antwortete ich ihr mit ruhiger Stimme. Das war die einzige Erklärung für mich. Eine Erklärung, mit der ich super umgehen konnte. Na klar.

»Ich bin zwar beziehungsunfähig, Fräulein. Aber nicht blind. Ich weiß, was für eine Spannung zwischen euch besteht, wenn ihr aufeinandertrefft. Ich kann mir gut vorstellen, wie das hier unten abgegangen ist.«

Ich fuchtelte mit der Hand herum. »Hier ist gar nichts abgegangen!«

»Du solltest endlich mal einsehen, dass hier ganz viel abgeht! Meinst du, das war Zufall, dass ihr euch hier begegnet? Du versuchst, die ganze Zeit ihm aus dem Weg zu gehen, und doch ist es so, als würde euch etwas anziehen. Etwas, was ich zum Beispiel noch nie in meinem Leben hatte, und darum beneide ich dich echt.« Hat sie gerade zugegeben, dass sie gerne an meiner Stelle wäre?

»Ich kenne ihn doch gar nicht, Julia. Auch wenn er keine Freundin hätte, würde das doch nie klappen.« Ich klang viel zu enttäuscht. Und sie bemerkte es.

»Ist sie denn seine Freundin?«

»Das sieht man doch«, platzte es aus mir heraus.

»Man sieht, dass sie an ihm klebt. Und doch rennt er dir hinterher. Das sehe ich!«, erklärte sie mir und lief dann die Kabine entlang. Als sie bemerkte, dass ich nicht hinterherkam, blieb sie stehen.

»Kommst du jetzt mit nach oben?«

Ich seufzte nickend. Mich weiter verstecken konnte ich auch nicht. Ich war eine erwachsene Frau. Das hier würde ich jetzt durchziehen. Immerhin würde ich Adrian und Helena nie wiedersehen, wenn der Urlaub vorbei war.

London war groß. Sehr groß. Wenn er überhaupt dort lebte.

Wir kamen aufs Deck, Julia demonstrativ vor mir gehend. Helena saß mit Adrian vorne. Sie lehnte sich an seine Schulter, am liebsten hätte ich gekotzt. Wirklich gekotzt!

Adrian sah aufs Meer, als wäre das ihr Moment zusammen.

»Ich geh auf die andere Seite«, sprach ich und schon verschwand ich dorthin.

Julia gesellte sich zu Justin, und ich war ihr dankbar. Ich wollte einfach nur meine Ruhe.

Helena und Adrian wollte ich nicht mehr begegnen müssen. Es verletzte mich, dass er bei ihr war.

Vor allem nach der Sache in der Küche. Es stimmte. Ich fühlte mich zu ihm hingezogen. Aber er war vergeben, was hatte ich denn erwartet?

Dieser ganze Urlaub war doch einfach nur eine Katastrophe. Ich wollte einen klaren Kopf, um Abstand von Chris zu bekommen. Das gelang mir auch, ich ignorierte jede SMS, die er mir schrieb.

Und doch war mir klar, dass da jetzt ein anderer Kerl war, der für schlechte Stimmung sorgte. Adrian.

Aber war er das wert? Julia und ich hatten Jahre kein Urlaub mehr machen können. Immer kam was dazwischen oder es war kein Geld dafür da. Endlich hatten wir es geschafft, und jetzt bekam ich Adrian nicht aus meinem Kopf. Das durfte nicht sein!

Ich wollte kein Drama mehr in meinem Leben.

Julia gab mir meine Tasche, als wir uns wieder angezogen hatten, und Justin die Yacht angedockt hatte. Kein einziges Wort hatte ich mehr gesagt, und jetzt kamen auch Helena und Adrian aus dem unteren Bereich.

»Das hat echt Spaß gemacht. Toll, dass ihr dabei wart«, sprach Justin mit uns, während er mir und Julia über die Leiter half.

»Ja, es war ... interessant«, lächelte Julia, und sah mich kurz an. Ich erwiderte nichts, schaute auch Helena und Adrian nicht mehr an. Obwohl mir bewusst war, dass sie mich anschauten.

»Wir wollen jetzt auch los, ich denke, wir nehmen uns ein Taxi. Wir sind ziemlich platt«, erklärte Julia ihnen. Ich war ihr so dankbar. Wir würden uns keinen Wagen mit den anderen teilen.

»Seid ihr euch sicher?« Justin klang leicht irritiert. Er hatte ja keine Ahnung, was passiert war. Mehr Leute mussten davon auch nicht wissen.

Dennoch musste ich noch mal zu dem Paar schauen.

Helenas Griff um Adrians Hüfte wurde fester. Obwohl er ihr kaum Beachtung schenkte, tauchten wieder diese imaginären Würgereflexe in meinem Kopf auf. Adrians Blick traf meinen, doch bevor wieder meine Atmung aussetzen oder ich noch rot anlaufen würde, senkte ich den Kopf.

Warum musste er mich immer anschauen? Es war etwas anderes, wenn ich immer gaffen musste, aber erwidern sollte er das ja nicht!

Ich würde mir nur Hoffnung machen. Hoffnung auf etwas, dass eigentlich nicht da war. Hannah Valentine musste einfach begreifen, dass ein One-Night-Stand nun mal eben nur ein One-Night-Stand war.

»Gut, wir sehen uns sicher noch im Hotel«, antwortete Justin uns, und stieg auch von der Yacht, um Julia und mich kurz zu umarmen. Helena schnaubte verächtlich, und mir war klar, dass ihr es nicht passte, dass wir in demselben Hotel wohnten wie ihr Freund.

Wir sind ja bald weg, du dumme Kuh!

»Viel Spaß euch zweien noch«, verabschiedete Julia sich von Helena und Adrian. Aber sie klang alles andere als ehrlich. Und Adrian bemerkte es, denn er sah sie skeptisch an. Er besaß eine gute Menschenkenntnis.

»Werden wir haben«, antwortete Helena mit einem gewissen Unterton in der Stimme. Adrian ließ sich nichts anmerken.

Diesmal schnaubte ich verächtlich.

Justin sah zwischen uns hin und her. Er spürte also auch diese negative Spannung zwischen uns allen.

Adrians Blick lag immer noch auf mir. Helena hielt ihn noch immer fest.

Julia räusperte sich. »Komm, wir sollten jetzt gehen.« Sie flüsterte es mir zu, und hatte damit recht. Wir hatten hier nichts mehr zu suchen. Julia winkte noch kurz, dann gingen wir los.

Wieso tat es so weh? Ich verstand das nicht.

Ich kenne ihn kaum. Weiß praktisch nichts über Adrian.

Und doch verletzte es mich zu sehen, dass er Helena hatte. Das ging mich doch gar nichts an. Klar, er hat mir schöne Augen gemacht und es gab einige Situationen, die komisch zwischen uns waren …

Aber reichte das aus, um ihn wirklich zu wollen?

Doch genau das wollte ich: ihn.

Den, den ich nicht haben konnte. Wie verrückt war das denn? Nach Chris war kaum Interesse für das andere Geschlecht da gewesen und jetzt passierte das ausgerechnet bei Adrian.

»Was zum Teufel war das auf der Yacht?«, fragte Justin mich schon wieder. Wir saßen im Konferenzsaal und warteten auf Helenas Vater. Deswegen konnte ich Justins Fragerei gerade nicht gebrauchen.

»Ich habe alles unter Kontrolle«, sprach ich meinen Standardsatz auf, seitdem Hannah aufgetaucht war und mich in diesen Pool verfrachtet hatte.

»Mmh ... klar, wenn ich Helena fragen würde, was würde die wohl antworten?«

Sie würde dich vermutlich nicht mal richtig verstehen, weil sie oftmals selbst meinem Englisch nicht folgen konnte. Aber das würde ich natürlich jetzt nicht antworten. Es hatte lang genug gedauert, sie zu besänftigen, nachdem sie mich mit Hannah in der Küche erwischt hatte. Ich konnte immer noch nicht ganz verstehen, was da abgelaufen war.

»Adrian, wenn ich gewusst hätte, dass die Engländerin dich so durcheinanderbringt, dann hätte ich sie nie eingeladen«, beharrte er.

»Sie bringt mich nicht durcheinander!«, antwortete ich lauter als beabsichtigt. Wir schauten uns beide in die Augen.

»Gut«, sagte er leise, klang aber nicht davon überzeugt. Dann setzte er sich wieder gerade auf den Stuhl und zog an seiner Krawatte. »Wenn wir diesen großen Auftrag wollen, spielst du weiter Helenas Anhängsel. Nur noch ein paar Tage, dann sind wir wieder in London, und du kannst ...«

Die Tür glitt auf und Helenas Vater tauchte auf. Stavros Taberiki war einer der einflussreichsten CEOs Griechenlands und momentan suchte Stavros eine Werbeagentur, die ihre Verkaufszahlen im Ausland erhöhen würden. Sie verkauften größtenteils Möbel. Justin und ich kämpften bereits seit Wochen dafür, den Zuschlag zu bekommen.

»Mr. Taberiki«, begrüßte ich ihn und Justin und ich standen beide auf. Es wurden Hände geschüttelt, dann setzten wir uns wieder. »Es ist schön, dass Sie Zeit für uns gefunden haben.«

»Meine Tochter lobt Sie in den höchsten Tönen«, begann er mit tiefer Stimme und schweren Akzent zu sprechen. »Da nehme ich mir gerne noch mal Zeit für einen Termin.« Die Feststellung, dass nur Helena der Grund war, dass er hier mit uns saß, war nicht zu überhören. Justins kurzer Blick zu mir galt als Warnung. Ich sollte mich zusammenreißen.

»Ihre Mutter starb früh, müssen Sie wissen. Sie war genauso schön wie Helena.«

Besaß sie auch dieses „natürliche" platinblond? Die Frage ließ ich lieber nur in meinem Kopf zu.

»Wir freuen uns, dass Sie uns noch in Erwägung für den Auftrag ziehen, Mr. ...« Aber er ließ Justin nicht mal ausreden.

»Es ist mir wichtig, dass mein Geschäft bei euch gut untergebracht ist. Ehrliche Leute brauche ich. Keine Betrüger.«

Wieder wechselte ich mit Justin einen Blick. Er hatte wohl vergessen, warum Griechenland eine Krise hatte. Zumindest schien er geläutert.

»Selbstverständlich arbeiten wir auf einer vertrauensvollen Ebene, Sir«, erklärte ich ihm und er musterte mich akribisch.

»Meine Tochter mag Sie.«

Ich nickte..

»Es ist selten, wenn man jemanden trifft, der einem auf Anhieb so gut gefällt. Immerhin ist das ihr wie vielter Besuch hier?«

»Der zweite, Sir.«

Er nickte, als würde er etwas erkennen. »Ich wusste bei Helenas Mutter auch sofort, dass sie es ist.«

»Wow«, antwortete ich und versuchte mir nichts anmerken zu lassen.

Stavros schüttelte meine Bemerkung mit einer Handbewegung ab. »Eine Begegnung, ein Blick und ich wusste, dass dieses griechische Mädchen zu mir gehört. Das haben die Frauen hier im Süden so an sich. Dieses ...« Er schnipste mit den Fingern. »Und schon will man keine andere mehr. Oder?«

Er lachte, nachdem ich ihm zustimmend zunickte. Justin wirkte erleichtert, ich jedoch ... ich dachte nur an die kleine Engländerin, die mir nicht mehr aus dem Kopf ging.

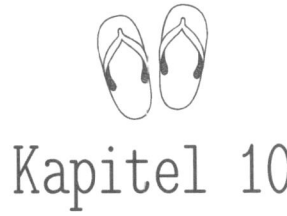

# Kapitel 10

### Gefühle sind zum Träumen gemacht ...
#### - Hannah -

»Wie wäre es mit Jetski fahren?«, fragte Julia mich, als wir beide einen Tag nach unserem Yacht-Abenteuer am Strand lagen und uns sonnten. Wir lagen schon den halben Vormittag hier. Ich hatte mich nur zum Eincremen bewegt. Alles andere wurde mir zu mühselig. Ich wollte nichts weiter, als hier liegen und die letzten Tage rumkriegen.

»Oder wandern?«, schlug sie weiter vor.

Wooow. Julia schlug wandern vor? Sie war wirklich viel, aber sicher keine Sportskanone. In London ließ sie sich die Lebensmittel liefern, weil sie die 100 Meter zum Supermarkt schon für zu weit empfand.

»Ach Hannah. Willst du wirklich die ganze Zeit nur noch am Strand abhängen?« Sie klang regelrecht verzweifelt.

»Ich dachte, das wolltest du so? Einen ruhigen Badeurlaub?«, fragte ich und genoss die warmen Sonnenstrahlen in meinem Gesicht.

»Schon, aber aus Überzeugung, nicht aus Liebeskummer.«

Ich seufzte viel zu laut, legte meine Sonnenbrille ab und sah zu ihr herüber.

»Ich habe keinen Liebeskummer!«

»Und ich lass mich nicht mehr verarschen.« Okay, das war eine Ansage.

»Guten Morgen, meine Damen«, begrüßte uns Ilias mit freundlichem Lächeln und unterbrach unsere Unterhaltung. Gott sei Dank.

»Hallo Ilias. Ilias, das ist meine Freundin Julia.« Er nickte ihr höflich zu, während Julia die Sonnenbrille von der Nase nahm und ihn ungeniert musterte.

Sie sollte das endlich mal etwas subtiler machen.

»Hi. Wie gefällt dir der Urlaub bisher?«, fragte er sie. Es war erstaunlich. Plötzlich waren wir beim Du.

»Gut, das Hotel ist echt wunderschön.«

»Das ist es. Und ihr beide sonnt euch heute den ganzen Tag?« Wir beide nickten. Julia murmelte irgendetwas, das ich nicht verstand, dann lehnte sie sich wieder zurück.

»Ich muss hier heute für etwas Ordnung sorgen. Hannah, ich wollte mich noch mal entschuldigen«, begann Ilias.

»Entschuldigen?«

»Wegen der Sache an der Bar ...«

Schnell winkte ich ab. Da gab es nichts zu entschuldigen. Wenn sich jemand daneben benommen hatte, dann war es Adrian.

Während er dann weiter mit Julia sprach, bekam ich ein merkwürdiges Gefühl. Es kribbelte auf meiner Haut. Ich sah mich um. Einige Liegen waren belegt. Kinder spielten im Sand, das Meer war heute etwas unruhig, aber sonst war nichts Auffälliges zu sehen.

Ich drehte mich um und da stand er. Direkt an der Treppe zum Hotelpool. Adrian, im Anzug. Er sah umwerfend aus. Justin stand neben ihm. Gott sei Dank war keine Helena in Sicht. Das bräuchte ich heute echt nicht noch.

Adrian starrte zu mir herüber. Das musste er die ganze Zeit getan haben, denn Justin unterhielt sich mit einem mir unbekannten Mann, der ebenfalls einen Anzug trug. Das war sicher ein geschäftliches Treffen.

Aber wieso starrte er jetzt hier herüber? Sein Ausdruck war alles andere als freundlich. Er wirkte fast so, als wäre er auf etwas oder eben auf mich wütend.

»Hannah!« Julias Stimme riss mich aus meinen Gedanken.

»Was?« Ich klang genervter, als ich wollte, und drehte mich wieder zu den beiden. Julia sah in Adrians Richtung, wusste also sofort, wen ich da angestarrt hatte. Mist.

»Ilias hat gefragt, ob wir heute Abend auch wieder zur Barparty kommen?«

»Was für eine Barparty?«

Ilias lächelte. »Die heute am Pool steigt. Kommt einfach vorbei. Es gibt exotische Getränke, einheimische Musik und tolles Essen.«

Wenn ich an die letzte Party zurückdachte, die wir besucht hatten, wurde mir ganz anders.

»Mal sehen. Ich glaube, ich geh mal aufs Zimmer. Muss aus der Sonne raus«, erklärte ich und packte meine Sachen zusammen. Ich zog mir mein Handtuch um die Hüften und sah in zwei verwirrte Gesichter.

»Es ist nicht mal Mittag«, sagte Julia entsetzt.

»Ja, aber ich fühl mich nicht so wohl. Die Sonne ...«

Ilias nickte verständnisvoll. »Die unterschätzt man manchmal ganz schön.«

»Genau«, antwortete ich und war dankbar, dass er mir das so abkaufte.

Ich ging extra um die Anlage herum, nur damit ich nicht an Adrian vorbei gehen musste. Bescheuert, aber ich traute mir einfach nicht mehr selbst über den Weg. Er löste komische Dinge in mir aus, obwohl er absolut tabu war. Helena war seine Freundin. Nicht ich!

Als ich in meinem Zimmer ankam, wollte ich nur noch liegen. Wieder mal. Dieser Urlaub war physisch und psychisch gesehen die reinste Folter für mich. Obwohl ich hier keine zwölf Stunden arbeitete, war alles dennoch so anstrengend. Mein Kopf rauchte, so sehr arbeitete es in mir.

Klopf. Klopf.

Ich riss die Augen auf. Ich musste eingeschlafen sein. Blinzelnd erhob ich mich von meinem Bett. Die Sonne hatte mich wirklich ziemlich erschöpft.

Klopf. Klopf.

Oh Mann, das Klopfen hatte mich also geweckt. Dieser Jemand musste Julia sein. Sie machte sich bestimmt schon Sorgen. Draußen ging die Sonne bereits unter. Keine Ahnung, wie ich heute Nacht noch Schlaf finden sollte.

Ich setzte mich auf die Bettkante und fuhr mir durch meine Haare.

Klopf. Klopf.

»Ja, ich komme doch«, rief ich genervt. Ich stand auf und lief gemächlich zur Tür. »Meine Güte, ich brauch vielleicht auch mal eben ‚ne Minute, Julia!«

Ich riss die Tür auf und mein Mund öffnete sich von selbst überrascht.

Vor mir stand Adrian, immer noch im Anzug.

Er wirkte überrascht, mich zu sehen. Ja, hallo? Das hier war mein Zimmer!

Adrian zeigte auf meine Erscheinung.

»Du hast ... äh ...« Jetzt sah ich an mir herunter. Ich stand nur im Bikini vor ihm. Ich hatte mich nicht mal umgezogen.

»Nichts, was du noch nicht gesehen hättest«, zickte ich ihn an und war trotzdem genervt, dass ich mir nicht wenigstens etwas drüber gezogen hatte. Dann schaute ich mich hastig um und nahm mir meinen Bademantel, der über meinem Sessel lag. Ich umwickelte mich damit, und sah dann wieder zu ihm. Er wirkte viel entspannter.

»Was willst du hier?«

Ich klang wütend, aber ändern konnte ich das jetzt eh nicht mehr.

Immerhin machte ich mir die Mühe und ging ihm aus dem Weg. Aber das brachte nichts, wenn er hier einfach so auftauchte.

Adrian biss sich auf seine Unterlippe. Das sah ... unglaublich süß aus.

»Glaubst du an Schicksal?«

Meinte er das jetzt ernst?

»Du bist hergekommen, um über das Schicksal zu sprechen?«, fragte ich ungläubig. Er seufzte.

»Ich bin hergekommen, weil ich an nichts anderes mehr denken kann als an dich.« Er klang frustriert und wütend. Jetzt war ich noch verwirrter.

»Du denkst an mich?«, war mein einziger Gedanke. Meine Stimme war mehr ein Quieken als alles andere.

Er zog eine Augenbraue hoch. »Wieso sollte ich nicht?«

Keine Ahnung. Weil du eine griechische Göttin als Freundin hast? Die wunderschöne, große Brüste hatte? Vielleicht sollte ich ihn das nicht so direkt fragen.

»Denk nicht an Helena. Sie ist kein Vergleich zu dir.« Jetzt sprach er sie auch noch an. Dieser Hornochse wollte mich doch verarschen!

»Willst du mir unbedingt wehtun?«

Na toll, jetzt sprach ich es also auch schon aus.

»Das will ich nicht.« Er schmunzelte. Dabei erschien wieder dieses Grübchen, das ich so sexy fand. »Es ist aber ein gutes Gefühl, dass ich es könnte.« Gott, diese Augen. Er sah mich an, als wäre ich die Einzige für ihn. Oder bildete ich mir das nur ein? Frauen sollten ja einige Sachen im falschen Licht sehen, wenn Männer anfingen, romantische Dinge von sich zu geben.

Er fuhr sich grummelnd durchs Haar. »Ist es verrückt zu sagen, dass ich dich will? Dich die ganze Zeit schon will? Mir ist seit unserer Begegnung alles egal. Mein Job, meine Zukunft, meine Geschäftsbeziehung zu Justin.«

Was bedeutete das alles?

»Adrian ...« Was sollte ich ihm sagen? Der Mann schaute mich an, als würde er die Wahrheit sprechen. Aber er hatte doch Helena!

Adrian wirkte angespannt, als würde er darauf warten, was ich dazu sagen würde. Aber mir fiel nichts ein. Kein einziges Wort. Mein Hirn gehorchte mir einfach nicht mehr.

»Kann ich reinkommen?« Er trat einen Schritt auf mich zu, einen Schritt, der sofort für Bauchkribbeln sorgte.

»Nein, das ist, glaube ich, keine gute Idee«, antwortete ich und klammerte mich an der Tür fest. Würde er reinkommen, konnte ich für nichts mehr garantieren.

Adrian blieb sofort stehen.

»Dann schließ die Tür«, antwortete er mit fester Stimme. Sein Blick lag konzentriert auf mir.

»Was?«

»Wenn du mich nicht hier haben willst, dann schließ die Tür. Ich schwöre, ich werde dich in Ruhe lassen, wenn du sie jetzt schließt.«

Wir schwiegen eine Weile. Unsere Blicke lösten sich nicht voneinander.

Ich hätte es tun sollen. Die Tür zu schließen, wäre die bessere Option gewesen, war es aber auch die Richtige gewesen?

Nur leider sah meine Antwort anders aus. Ich wollte die Tür ganz einfach nicht schließen.

Und das sah Adrian auch in meinem Blick. Ich war nicht unentschlossen. Ich war so entschlossen, wie es nur ging. Diese Tür würde ich vor ihm nicht schließen. Er schmunzelte, als er es begriff und dann trat er hastig zwei Schritte vor und küsste mich.

Die Wucht seiner Stärke hätte mich umwerfen sollen, aber er griff mich so fest an meinen Hüften, dass ich seine Erektion spürte.

Mein Kopf war ausgeschaltet, völlig out of order.

Ich erwiderte den Kuss, dann hob er mich mit einem Ruck hoch. Ich klammerte meine Füße um seine Mitte. Er stieß die Tür, ohne den Kuss zu unterbrechen, mit dem Fuß zu. Ohne Vorwarnung drückte er mich an die Wand, ich hörte es poltern. Das mussten meine Bücher gewesen sein, die von der Kommode geflogen waren.

»Gott, wie konnte ich vergessen, wie du geschmeckt hast«, flüsterte er in mein Ohr, als er sich um meinen Hals kümmerte. Er küsste sanft, als wäre ich aus Porzellan. Unglaublich, wie meine Haut unter ihm kribbelte. »Ich muss dich haben, ich denke an gar nichts anderes mehr.«

Seine Worte waren Balsam für meine Seele. Er hatte also auch an mich gedacht.

»Nimm mich, Adrian. Jetzt.«

Dunkle Augen voller Begierde funkelten mich an, als seine Finger sich unter den Bademantel vergruben.

»Ich wollte mir Zeit lassen«, antwortete er mir, als wäre er sich nicht ganz sicher.

»Die kannst du dir später nehmen«, antwortete ich rasch und küsste ihn wieder. Adrian zögerte nicht damit mich weiter unter dem Mantel zu berühren. Wir keuchten um die Wette. Ich fühlte seinen Körper, der sich immer dichter an mich presste. Er hielt mein Gewicht, als würde ich nichts wiegen.

Dann hörte ich, wie sich ein Reißverschluss öffnete. Sein Reißverschluss. Jetzt ging das alles ziemlich schnell und doch war es einer der heißesten Momente meines Lebens. Mit einem Ruck drang er in mich ein. Er war so hart und erregt, als er begann sich in mir zu bewegen. Immer und Immer wieder.

Es war egal, wohin das führen würde. Es war jetzt gerade einfach richtig und ich wollte es so. Ich wollte, dass Adrian mich vögelte. Wir stöhnten beide auf, als er mit seiner gewaltigen Kraft immer wieder in mich hineinstieß.

»Oh mein Gott! Du hast sie gewählt?« Wir beide erstarrten in der Bewegung, als ich über die Schulter schaute und Helena in meinem Zimmer stehen sah.

»Was willst du denn hier?«, seufzte Adrian, als hätte er gehofft, mich in Ruhe vögeln zu können.

Großer Gott, was hatte ich getan? Was hatte ich zugelassen?

»Du Mistkerl!«, schrie sie und stürzte sich auf uns.

# Kapitel 11

### Geständnisse

- Hannah -

Ich riss panisch die Augen auf und sah mich um. Instinktiv hob ich abwehrend die Hände, aber starrte nur die Decke an. Das war nur ein Traum gewesen?

Seufzend fuhr ich mir über die Stirn. Ich lag noch in meinem Bett, weil ich eingeschlafen war. Dann hatte ich das alles wirklich nur geträumt. Der da oben wollte mir sicherlich etwas damit sagen. Werde nicht zur Fremdgängerin, Hannah. Oder: Hilf Adrian nicht, einer zu werden.

Was für ein verrückter Sextraum. Ein verdammt realer Sextraum. Die Nässe zwischen meinen Beinen war spürbar.

Klopf. Klopf.

»Das darf doch nicht wahr sein«, seufzte ich. Kurz schloss ich die Augen, um mich zu sammeln. Bevor ich die Tür öffnete, zog ich meinen Bademantel an. Sicher ist sicher.

Als ich die Tür öffnete, hätte ich panisch schreien müssen. Tat ich aber nicht. Adrian war es, der geklopft hatte. Er sah mich abwartend an.

»Was willst du denn hier? Halt, Stopp! Wenn du jetzt wieder versuchst, mir den Kopf zu verdrehen, während deine Freundin in der Lobby wartet, dann vergiss es. Ich bin ganz sicher keine nette Ablenkung oder mal was ...« Theatralisch gestikuliere ich Gänsefüßchen mit den Fingern, » ... ‚Neues' für dich!«

Okay, er sah mich verwirrt an, aber das war mir egal. Warum sonst sollte er hier stehen? Ich würde mir das sicherlich nicht mehr gefallen lassen. Adrian sollte begreifen, wo er bei mir stand. Am Ende der Nahrungskette!

Adrian wirkte sichtlich irritiert, was mich natürlich noch wütender machte. Aber er war selbst schuld. Ich war noch total groggy von diesem Traum.

»Eigentlich ...«, sprach er leise, aber da ich gespannt darauf wartete, was er zu sagen hatte, hörte ich es.

Plötzlich sah ich, wie er etwas in der Hand hatte. Trug er das gerade auch schon?

»Eigentlich wollte ich dir nur dein Handy zurückgeben.« Er hielt es mir hin, und ich erstarrte. Es war wirklich mein Handy. »Du hast es unten am Strand verloren. Ein Angestellter hatte es vorhin gefunden, ich bekam es mit. Es ist doch deines, oder? Zumindest lag es an der Liege, die du benutzt hattest.«

Ach, du Scheiße. Adrian wollte mir nur mein Handy wiedergeben? Er wollte freundlich sein. Und was tat ich?

Bevor ich es annahm, schaute ich sicherheitshalber auf die Kommode. Kein Handy. Mist. Mist. Es war meines.

Seufzend nahm ich ihm das Handy ab. »Du hättest es einfach in der Lobby abgeben können.«

Na, wunderbar. So dankte man jemanden. Wenn das meine Eltern mitbekommen hätten ...

Komm, Hannah, hau ihm doch am besten direkt eine rein. Hätte den gleichen Effekt.

Seine grünen Augen schauten mich intensiv an. Grün. Die waren mir damals in dieser Bar schon aufgefallen.

Er schaute nicht wütend oder enttäuscht aus.

Plötzlich zuckte er mit der Schulter.

»Hat mir keine Umstände gemacht.«

»Okay, gut. Dann danke.«

»Gern geschehen.« Meine Hand glitt zur Türklinke, und doch bewegte sich keiner von uns beiden.

Wieder war es so, als würde sich etwas in meiner Bauchgegend zusammenziehen. Und dann fühlte sich die Luft um uns herum anders an.

»Kommst du gleich runter?«, fragte er mich plötzlich. Es war eine simple Frage, und doch irritierte sie mich. Weil sie von Adrian kam. »Zur Party?«, hakte er noch nach.

Er hatte also auch davon gehört.

»Keine Ahnung.« Ich sah kurz zu Boden. Seine Fragerei irritierte mich, sein durchdringender Blick, seine ganze verdammte Anwesenheit! Keine gute Mischung.

»Ah, verstehe.« Er grinste und tat seine Hände lässig in die Stoffhose, die er trug.

»Was verstehst du?«

»Na ja, wenn du dem Pool zu nahekommst, landest du womöglich selbst darin oder du beförderst jemand anderes hinein. Da wäre ich dann auch langsam vorsichtig.«

Ich grinste. Ja, da war ja irgendwie was dran.

»Aber ich glaube, ich hab den Flug auch verdient«, stellte er resigniert fest. Jetzt war Adrian es, der zu Boden schaute. »Ich frag mich die ganze Zeit, warum ich dich nicht erkannt habe, Hannah.«

Ich bekam eine Gänsehaut, als er meinen Namen aussprach. »Ich muss gestehen, als ich dich am Pool gesehen habe, war ich schon wieder hin und weg von dir.« Er lächelte vor sich hin, sah mich aber immer noch nicht an. »Ein zweites Mal.«

Ein zweites Mal?

»Ich weiß, ich hätte mich auf der Yacht zusammen- reißen sollen. Vor allem, weil Helena dabei war.« Und die Erwähnung ihres Namens sorgte dafür, dass sich mein Magen zusammenzog. Na toll!

»Adrian ...« Als ich seinen Namen sagte, schaute er auf. Für einen kurzen Augenblick blieb mir bei sei- nem intensiven Blick wieder die Luft weg.

»Hör mir bitte zu, Hannah. Ich hab dich vor drei Jahren getroffen und ich wollte dir immer schon sagen, dass ich ...«

»Adrian!« Diesmal klang ich lauter und vor allem energischer.

Er sollte nicht weiter reden, weil ich nicht wusste, was das bringen sollte. Adrian hörte tatsächlich auf.

»Ich danke dir, dass du mir mein Handy gebracht hast.« Kurz und knapp. Mehr sollte es nicht brauchen, damit das endlich ein Ende hatte.

»Das ist alles?«

Ich schnaubte und zählte innerlich bis zehn. Nein, nicht wütend werden, Hannah. Du kannst das. Steh da drüber.

»Ich kenne dich praktisch nicht, Adrian. Du kennst mich genauso wenig, und du hast eine Freundin. Was soll das also bitte werden?«

Adrian sah mich verwirrt an.

»Genau, nichts. Bitte lass mich einfach in Ruhe und lass mich die letzten Tage hier genießen, okay?«

Bevor er mir überhaupt antworten konnte, griff ich die Türklinke wieder und wollte sie schließen.

Doch bevor mir das gelang, spürte ich einen Gegendruck. Ich zog die Tür wieder auf, die Adrian mit der Hand gestoppt hatte.

Mit entschlossener Miene stand er jetzt vor mir.

»Mein Zweitname lautet Joseph, benannt nach meinem Großvater. Ich bin in London geboren, bin Einzelkind, 34 Jahre alt. 1,85 m groß, vom Sternzeichen Schütze, ich hasse die englische Küche, bevorzuge gerne asiatisch und habe mit meinem Freund Justin eine Werbeagentur. Ich hasse Unpünktlichkeit, diese Eigenschaft zieht sich durch bis in meine Arbeit. Ich bin diszipliniert, oftmals ist es zu übertrieben, aber so bin ich erfolgreich in meinem Job.« Er zuckte mit der Schulter. »Ich gebe einfach nie auf. Beruflich und ...« Er macht eine kurze Pause, »... auch nicht privat.«

Regungslos hatte ich alles in mich aufgenommen. Er sprach einfach weiter, was gut war. Immerhin wusste ich gerade nicht, was ich erwidern sollte.

»Ich war nie ein Beziehungsmensch. Echt nicht. Ich habe mein Single-Dasein genossen. In vollen Zügen. Aber irgendwann ist das auch nicht mehr das, was einen erfüllt.« Er schnaubte und schien in Erinnerungen zu schwelgen. »Ich hab dich damals in der Bar gesehen. Es war kein wirklich guter Arbeitstag, mein Vater war ...« Er schüttelte seufzend den Kopf. »Lassen wir das. Wir trafen uns in dieser Bar, fanden uns anziehend und landeten im Bett. Es war ... es war anders. Einmal, weil du dich grundlegend von den anderen Frauen unterschieden hast.«

Ich schnaubte verbittert. Natürlich. Weil ja sonst anscheinend Supermodels mit ihm mitgegangen waren.

»Nein! So meinte ich das nicht«, versuchte er sich herauszureden und hob beruhigend die Hände. »Es war ... wir unterhielten uns in dieser schäbigen Bar, wie zwei Menschen, die sich schon ewig kannten. Wir sprachen über Belangloses wie Politik, aber auch über ...«

Ich erinnerte mich an die Begegnung zurück.

»Was soll das heißen, du kannst Trump verstehen?«, fragte ich lachend nach, weil ich seine Aussage nicht verstand.

»Na ja, er hat noch mehr Macht, als er sowieso schon hatte. Was glaubst du, hat er als erstes getan, als er bemerkt hat: Oh, ich bin der mächtigste Typ auf diesem Planeten«, redete Adrian, als wäre er selbst zum Präsidenten gewählt worden.

Wir saßen direkt an der Theke, die Köpfe dicht beieinander.

»Er holt sich vermutlich im Oval Office einen runter«, antwortete ich, Adrian lachte schallend und ich nahm einen weiteren Schluck meines Drinks. Aber der war leer. Adrian bemerkte meine Verwirrung darüber und rief nach dem Barkeeper.

»Die Lady hier benötigt Nachschub!«

»Ich habe ganz vergessen, wie sehr ich diese Apple-tinis liebe«, murmelte ich.

»Es geht nichts über Alkohol, wenn man einen harten Tag hatte«, erwiderte er. Mein Blick glitt zu ihm rüber. »Wer sagt, dass ich einen harten Tag hatte?«

Über Chris und seine Fremdgehbeichte wollte ich heute einfach nicht mehr nachdenken.

Adrian zuckte mit der Schulter und nahm meinen Drink entgegen, den der Barkeeper brachte. »Das ist einfach eine kleine Feststellung. Warum verirrt man sich sonst hierher?«

Weil ich schnellstens etwas zu trinken haben wollte. Aber irgendwas sagte mir, dass er diese Antwort bereits kannte.

»Mhm«, machte ich und er schmunzelte. Dann verschränkte ich die Arme vor meiner Brust. Ich hatte mich besonders schick gemacht, weil Chris und ich heute unser 4-Jähriges feiern wollten. Selbst in Gedanken hörte sich meine Stimme ironisch an. »Warum könntest du hier sein?«

Er trank von seinem Scotch und ließ mich nicht aus den Augen. Wenn ich nicht schon betrunken wäre, würde mich dieser Blick nervös machen.

»Ich glaube«, begann ich, und er wirkte offen für alles, »… dass du etwas suchst, das du noch nicht gefunden hast.« Ich fühlte mich mega philosophisch.

Adrian sah mich damals sehr lang und sehr nachdenklich an. Damals konnte ich damit noch nichts anfangen.

Wir kannten weder den Namen des jeweiligen anderen noch wussten wir, was wir in dieser Nacht gesucht hatten. Aber irgendwas mussten wir gefunden haben. Immerhin standen wir uns jetzt, drei Jahre später, wieder gegenüber.

»Versteh mich nicht falsch. Natürlich bin ich in die Bar gegangen, um eine Frau abzuschleppen. So lebte ich nun mal, wenn ich Single bin. Aber nachdem wir uns getroffen hatten, konnte ich wochenlang an nichts anderes denken als an dich. Zuerst dachte ich, es wäre so, weil du die Erste warst, die schon nachts das Weite gesucht hatte. Es war nicht das erste Mal, dass ich eine Frau vergrault hatte. Aber die Erste, die es von sich aus getan hatte, und das machte mich verrückt. Ein paar Wochen später nannte ich es einfach Karma. Du warst jemand, den ich näher kennenlernen wollte und doch hatte ich absolut keine Ahnung, wo ich dich finden sollte.«

Ich musste schlucken.

»Wieso sagst du das alles?«

Eindringlich schaute er mich an.

»Hannah. Glaub mir, ich hab das nicht geplant. Und ich kenne dich auch nicht wirklich. Aber, ich bekomm dich nicht aus meinem Kopf.«

Das war doch wohl jetzt ein Witz!

»Hier ist doch irgendwo eine versteckte Kamera, oder?« Ich schaute mich belustigt um.

»Was?« Adrian wirkte verwirrt.

»Sorry, aber, was willst du jetzt von mir, Adrian? Helena und du ...«

Er schüttelte sofort den Kopf. »Wir sind kein Paar.«

Ich musterte ihn aufmerksam.

»Und doch ist sie verliebt in dich. Und auf der Yacht warst du angetan von ihr. So wirkte es. Zumindest hast du die Nähe zugelassen. Ich habe Augen im Kopf.«

Er seufzte, und rieb sich den Nacken. »Das weiß ich doch. Aber das mit Helena ist kompliziert.«

»Oh bitte«, schnaubte ich. »Und wenn es nicht kompliziert wäre, dann wäre sie längst deine Frau und hätte mit dir zwei Kinder. Ihr würdet ein schönes Reihenhaus in Birmingham bewohnen. Such dir einfach eine andere Dumme, die dir das abkauft!«

Dann schmiss ich die Tür zu, und sie fiel endlich ins Schloss.

# Kapitel 12

## Ein Mann, eine Wahrheit

- Hannah -

»Gut, dass du doch noch runter gekommen bist.« Julia grinste mich in ihrem blauen Kleid an, als würde es keinen Morgen geben. Sie war auch schon angetrunken.

»Mmh,« brummte ich, und zog an meinem Strohhalm. Das war mein dritter Drink und ich saß nicht mal 20 Minuten hier.

»Wow, zwei heiße Typen auf sechs Uhr.« Julia starrte hinter mich, ich starrte lieber vor mich hin. Bar und Poolbereich waren schon reichlich mit Hotelgästen gefüllt, griechische Musik ertönte leise im Hintergrund. Die gedämmten Lichter halfen meiner Stimmung. Ich fühlte mich schrecklich.

Dieses Mal hatte ich mich für Jeans und eine lockere Bluse entschieden. Bevor ich noch mal in den Pool fallen sollte, würde man meine Unterwäsche wenigstens nicht sehen, denn ich hatte die neutralste Farbe gewählt: weiß. Mein alter Baumwoll-BH brachte also doch noch etwas. Letztens hätte ich ihn fast weggeschmissen. Aber nur fast.

»Sieh dir den Blonden mal an, Hannah«, flüsterte sie mir zu.

»Mhm.« Ich zog wieder an meinem Strohhalm. Drink drei war leer.

»Du guckst doch nicht mal hin«, beschwerte sie sich.

»Liegt vielleicht daran, dass ich genug von Männern habe? Oder diesem verfluchten Land!«

Julia verdrehte die Augen. »Sie schauen direkt zu uns hin.«

Hörte diese Frau mir eigentlich zu? Demonstrativ drehte ich mich um und winkte den beiden Typen zu.

»Was machst du da?«, fragte Julia mich mit großen Augen. Jetzt war sie also überrascht, dass ich doch ihrem Rat folgte?

Die beiden Männer, die an unseren Tischen kamen, sahen tatsächlich gut aus. Bevor ich mich aber noch dazu hinreißen würde, näher auf die beiden einzugehen, begann ich: »Hey Jungs, das ist Julia. Ihr habt rübergeschaut? Glückwunsch. Julia ist solo.«

Ich stand auf. Julia wirkte völlig sprachlos, die beiden Männer sahen noch verwirrter aus.

»Wo willst du hin?«, fragte sie.

Seufzend antwortete ich ihr, weil ich eigentlich keine Ahnung hatte, wohin ich gehen wollte. »Nicht hierbleiben.«

An der Bar wehrte ich noch eine Anmache ab und besorgte mir einen weiteren Drink, den ich mit hinunter zum Strand nahm.

Es war bereits Nacht geworden. Das Wasser donnerte an den Strand, es war kühl, aber noch immer angenehm. Ich zog meine Sandalen aus, ließ sie zurück, und lief los.

Wann war ich je so in Gedanken gewesen? Selbst als Chris nach all den Jahren gestand, dass er fremdgegangen war, war ich emotional nicht so angeschlagen wie jetzt. Damals war ich deswegen ja in diese Bar gegangen und hatte Adrian getroffen. Zwölf Stunden später hatte ich mich von Chris getrennt und lebte mein Leben. Wenn man das so nennen konnte.

Drei Jahre lang arbeitete ich bis zur Erschöpfung. Für Hobbys oder nette Abende mit Julia blieb kaum Platz. Chris, Adrian ... sie hatten mir das Single-Dasein irgendwie kaputtgemacht. Wen belog ich hier eigentlich? Ich war ganz allein dafür verantwortlich, dass ich mich eingeigelt hatte.

Seit Adrian vor meiner Tür gestanden hatte und offenbarte, dass er tatsächlich auch an mich dachte, fühlte ich mich, als hätte mich eine Dampflok überfahren.

*»Ich bekomm dich nicht aus meinem Kopf.«*

Er hatte das ausgesprochen, was ich dachte. Verdammt noch mal, sollte mir das nicht egal sein?

Was wusste ich schon über ihn? Eine Nacht mit ihm machte mich nicht zum Adrian-Spezialisten. Ihm ging es doch mit mir genauso.

Und dann war da wieder die Frage, ob er das wirklich ernst gemeint hatte. Aber spielte das eine Rolle? Helena war was auch immer für ihn, aber sie existierte nun mal!

Nachdem Chris zugab, mich mehrmals betrogen zu haben, war da ein Loch entstanden, das nie ganz geschlossen worden war. Dann hatte ich es selbst getan, auch wenn ich zu dem Zeitpunkt nicht mal wusste, was mit Chris war. Damals war ich weggelaufen und landete nun mal in dieser Bar ... bei Adrian.

»So ganz allein am Strand?« Ich zuckte erschrocken zusammen, weil ich niemanden hier erwartet hatte.

Ilias, der Concierge, stand in normaler Kleidung vor mir und lächelte.

»Ilias, was machst du denn hier?« Er zuckte mit den Schultern und schaute zum Meer. Viel erkennen konnte man in der Dunkelheit nicht.

Ilias trug ein dunkles Hemd, dazu eine kurze Hose. Es passte nicht zueinander, aber das war irgendwie sein Look.

»Ich habe eine längere Pause, habe nachher Nachtschicht und gehe dann öfter zum Strand. Hier ist es wenigstens ruhig.«

»Das stimmt«, antwortete ich und schaute auch aufs Wasser. Ruhig war es hier.

Ich bemerkte, dass mein Drink schon wieder leer war. Oh Gott, ich war aber auch durstig.

»Und? Ganz allein hier? Wo ist deine Freundin?«, fragte er mich.

»Julia hat ihren Spaß am Pool. Die Party.«

Er nickte verständnisvoll. »Schön, dass ich nicht allein bin.«

Ich schaute ihn an. Sein Blick schien schon eine Weile nur auf mich gerichtet gewesen zu sein. Stand er schon die ganze Zeit so nah neben mir? Ich roch schon sein Aftershave!

Mist, warum guckte er mir jetzt auch noch auf den Mund? Schaute er doch, oder? Ich hatte definitiv zu viele Drinks getrunken!

Verdammt, es war kein guter Zeitpunkt. Denn so wie es aussah, starrte ich gerade auch auf seine Lippen. Um Gottes willen, er würde das doch nicht als Einladung sehen?

Ich blickte in Ilias' Augen. Während er mir immer näher kam, versteifte ich mich. Die Wellen des Meeres waren zu hören, dröhnten in meinem Kopf. Und plötzlich lag Ilias auf dem Boden. Was zum Teufel war in meinem Drink gewesen?

Ich blinzelte zweimal, bis ich Adrian erkannte, der Ilias am Kragen gepackt hatte und ihn anbrüllte. Was er ihm genau sagte, konnte ich nicht richtig verstehen. Mein Name fiel, das bekam ich noch mit.

Dann ließ er ihn los. Ilias hatte eine leichte Verletzung an der Lippe davongetragen.

»Ach, du ... geht's dir gut?«, fragte ich ihn. Ilias nickte, schaute mich aber nicht mal mehr an, bevor er dann verschwand. Verwirrt schaute ich ihm noch nach, bis er die Hotelanlage erreichte.

»Hast du ihn geschlagen?«, brüllte ich. Ich war betrunken, bekam nur noch die Hälfte mit, das könnte ich jedem Polizisten erzählen, falls jemand kommen würde. Ob das jetzt die bessere Erklärung wäre, blieb mal dahingestellt. Wie war das noch mal? Ich wollte nichts mehr an mich ranlassen? Klappte ja super.

Ich wartete auf Adrian, der sich erst jetzt zu mir umdrehte. Er sah göttlich aus. Komplett in Weiß. Welchem Mann stand die Farbe Weiß? Komplett!

Sein Hemd, das ich bereits kannte, lag locker an seinem Körper an, man konnte seinen Bauchnabel selbst in der Dunkelheit sehen, wenn es windig genug wurde. Das beflügelte meine Gedanken noch mehr. Zum Anbeißen!

»Der wollte dich küssen, ist dir das klar?« Er brüllte genauso zurück, wie ich ihn angefahren hatte.

»Wollte er nicht«, war meine leise Antwort. Ich glaubte mir ja selbst nicht mal, so unsicher antwortete ich.

Er fuhr sich schnaufend durchs Haar. »Bist du etwa betrunken?«

Mist. Mir war klar, dass er die Frage nur stellte, weil er wütend war. Als ich nichts erwiderte, fuhr er fort.

»Moment mal, du bist betrunken!« Adrian starrte auf meinen leeren Drink, den ich in der Hand hielt, und dann schaute er mir wieder in mein Gesicht. »Du rennst hier betrunken im Dunkeln herum? Legst du es darauf an oder was?«

»Das muss ich mir nicht weiter anhören. Du bist doch total bekloppt!«

Fluchtartig drehte ich mich um, und ging los. Was nicht so einfach war, weil ich nicht wirklich die Kontrolle über meine Beine hatte und der Sand noch dazu das Laufen erschwerte.

Obwohl ich dachte, ich wäre schnell, war Adrian natürlich schneller und stellte sich vor mich hin.

»Verzieh dich!«, fuhr ich ihn an.

»Wieso betrinkst du dich?« Er stellte die Frage total ruhig, als wäre er gerade nicht komplett ausgerastet.

»Warum schlägst du Hotelangestellte?« Ich verschränkte schnaufend die Arme vor der Brust, und dann begann das gegenseitige Starren. Seine Augen blitzten vor unterdrücktem Zorn, aber trotz der Dunkelheit hier konnte ich es erkennen.

»Er sollte dich nicht küssen«, gestand er, und starrte mich weiter an. Adrians ganze Gesichtsmimik wurde weicher.

»Ich brauchte den Alkohol, um runterzukommen«, gestand ich, und schrie innerlich frustriert auf. Das war der Alkohol, der aus mir sprach. Ich hätte ihm keine Erklärung geben sollen!

Seine Haltung entspannte sich sichtlich.

»Du meinst, um wegen mir runterzukommen.« Das war keine Frage, ihm war klar, dass er schuld an meinem Alkoholkonsum war.

Ich seufzte, weil mir das langsam etwas zu viel wurde. Er war schon wieder da. Wieder in meiner Nähe.

»Was willst du von mir, Adrian?«

»Das weiß ich nicht, Hannah. Ich muss einfach in deiner Nähe sein.«

Ich hatte gedacht, er würde länger für die Antwort brauchen … aber er sprach mit fester Stimme, und ohne mich aus den Augen zu lassen.

»Du kennst mich doch gar nicht.«

»Das stimmt«, antwortete er ehrlich. Er nahm zwei Schritte und stand direkt vor mir, um mein Gesicht in seine Hände zu nehmen. Seine Berührung erweckte die Gänsehaut in mir.

»Aber eines weiß ich ganz genau.«

»Was?« Meine Frage war fast ein Flüstern.

»Dass sich das hier sicher nicht falsch anfühlen würde!«

Er küsste mich und wartete ein paar Sekunden ab, bis ich den Kuss erwiderte. Ich erwiderte unseren ersten, zweiten Kuss.

Oh. Mein. Gott. Ich war im Himmel. Mein ganzer Körper brannte, mein Mund öffnete sich für seine Zunge, die er sofort zum Einsatz brachte. Adrian drückte mich fester an sich, während er mich weiter kräftig und voller Verlangen küsste.

Oh großer Gott, ich konnte und würde ihm nicht mehr widerstehen können.

Nein, ich konnte es schlichtweg nicht mehr.

Wir fielen auf den Sand. Er war rau und kratzig auf der Haut, aber ich würde das hier nicht beenden, weil ich es ganz einfach nicht enden lassen wollte.

Warum zum Teufel hatte ich mir so viele Gedanken gemacht? Konnte ein Kuss, eine Berührung denn so falsch sein?

Aber dann erschien Helena wieder vor meinem geistigen Auge. Als wüsste sie ganz genau, wie sie uns stören könnte. Seine Freundin wusste es ganz genau.

Ich erstarrte, während Adrian begann meinen Hals zu küssen.

»Warte«, bat ich ihn.

Er hörte sofort auf und sah mich an.

»Alles in Ordnung?«

»Was ist mit Helena?«, fragte ich geradeheraus.

Adrian runzelte die Stirn, dann lehnte er diese gegen mein Schlüsselbein, als hätte er Schmerzen oder so etwas.

»Adrian?«, fragte ich nach, weil keine Antwort kam.

»Bevor ich dir sage, was das mit Helena ist, denk dran: Ich war solo und ... lebte für meinen Job.«

Eindringlich schaute er mich an, während ich dann nickte.

»Okay«, seufzte er und setzte sich dann auf, um auf den Ozean zu schauen. Ich tat es ihm gleich und wartete ab.

»Meine Mutter starb früh. So früh, dass mein Vater meine Erziehung übernahm.«

»Das tut mir leid.«

Mit einem müden Lächeln schaute er mich an.

»Es hat schon lange keiner deswegen Mitgefühl gezeigt.«

Er sprach es aus, als wäre es wirklich überraschend, dass man so etwas sagte. So langsam zweifelte ich daran, ob er jemals so etwas wie ... positive Gefühle erfahren hatte.

»Jedenfalls war es meinem Vater wichtig, dass ich Leistung zeigte. Er ist oberster Richter im Strafgerichtshof in London. Seit über 30 Jahren ist er dort einer der besten und na ja, da reicht es ihm natürlich nicht, wenn sein einziger Sohn nicht dieselben beruflichen Ambitionen hat wie er.«

»Aber ... du und Justin ...«

»Ja, Justin und ich arbeiten. Wir haben uns den Traum unserer eigenen Werbeagentur erfüllt, aber für meinen Vater bedeutet Werbung nichts. Er hält nichts von meinem Job. Dass er es duldet, liegt nur daran, weil wir uns auf die großen Konzerne schmeißen und dort Aufträge an Land ziehen wollen.«

Aufmerksam musterte ich ihn. Adrian klang verbittert.

»Und das willst du nicht?«, hakte ich nach.

»Ich will«, begann er und dachte angestrengt nach. Dann sah er mich wieder an und wirkte wieder viel entspannter als eben noch. »Ist es schlecht, wenn ich etwas will, dass ich mir vielleicht nie gewünscht habe? Weil ich dachte, es wäre unerreichbar?«

Hypnotisiert von seinem Blick schüttelte ich den Kopf.

»Daran ist nichts verkehrt.«

Irgendwie bekam ich das Gefühl, dass wir nicht mehr um seinen Job redeten.

»Jeder hat unerfüllte Träume oder Träume, die man für unerreichbar hält.« Ich zuckte mit der Schulter und sah zum Meer, das immer unruhiger zu werden schien. »Manche gehen tatsächlich in Erfüllung, manche bleiben einfach nur Träume. Aber es ist wichtig, welche zu haben, oder?«

Ich sah ihn fragend an, während er mich die ganze Zeit über angeschaut hatte.

»Was hast du für Träume?«

»Ich?«

Wollte ich nicht eigentlich etwas über Helena wissen? Ich seufzte, weil er mich immer noch abwartend anstarrte.

»Ich arbeite in einem Architekturbüro. Mein Job ist okay, ich ... kann mich darin regelrecht vergraben, wenn es notwendig ist.«

»Verstehe.«

»Was verstehst du?«, fragte ich zögerlich nach.

»Ich bin ein Workaholic, um meinem Vater was zu beweisen, du verkriechst dich in deinem Job, weil du dich vor etwas versteckst.«

»Ich verstecke mich nicht«, behauptete ich, bemerkte aber sofort, dass das gelogen war. Und so wie Adrian mich ansah, wusste der das auch. »Vielleicht habe ich einfach vergessen ...« Ich schloss die Augen, weil ich ihn dabei nicht anschauen wollte, wenn ich es zugab.

»Hannah.« Meine Haut kribbelte, als er kurz mein Kinn berührte und dabei meinen Namen sagte.

Automatisch öffnete ich die Augen wieder und unsere Blicke trafen sich.

»Mein Leben besteht nur aus der Arbeit. Ich habe es mir irgendwie selbst verboten Männer zu treffen. Verabredungen bin ich aus dem Weg gegangen.«

»Warum?«, hakte er nach, ohne sich auf irgendeine Weise lustig über mich zu machen.

»Warum?«, seufzte ich und legte mein Kinn auf meine Knie ab. »Ich bin ein Beziehungstyp und ... keine Ahnung, jetzt will ich verhindern, dass ein Mann mir näher kommt. Es ist bescheuert, ich weiß.«

»Ich habe keine Ahnung von Beziehungen, Hannah. Ich lebe für meinen Job und das ist wohl der tragische Teil meines Lebens. Ich kenne nichts anderes, als das.«

Auch wenn es jetzt nicht die Worte waren, die eine Frau hören wollte, war er ehrlich.

»Und was ist mit Helena?«, fragte ich geradeaus.

»Helena ist ...« Er grub die Finger in den Sand. »Sie ist die Tochter einer unserer Kunden. Wir hoffen zumindest, dass wir den Auftrag bekommen.«

Sprachlos sah ich ihn an. Er bemerkte es. »Ich weiß, wie sich das anhört.«

»Du triffst dich mit ihr, damit sie ihrem Vater sagt, dass ihr diesen geheimnisvollen Auftrag bekommen sollt?«

»Es hört sich schlimmer an, als es ist.«

»Und wem willst du das jetzt beweisen? Dir oder mir?«

Verständnislos schaute er mich an. Instinktiv stand ich auf, weil mir das zu viel wurde.

»Du spielst Helena vor, du würdest etwas für sie empfinden! Nur für den Profit? Und dann willst du mir noch durch die Blume sagen, dass es für dich völlig okay ist?«

»Es ist für mich nicht okay!« Er stand auch auf und sah mich wütend an. »Es ist nicht okay für mich!«

»Dann lass es sein!«

Seine Gesichtszüge wurden sanfter. »Wenn das so einfach wäre.«

»Worüber reden wir hier eigentlich? Dass du Helenas Herz bewusst brichst, weil du deinem Vater etwas beweisen willst?«

»Ich breche nicht ihr Herz«, behauptete er spöttisch.

Er glaubte wirklich nicht daran, dass er mit seinem Verhalten etwas Falsches tat.

»Hast du gesehen, wie sie dich anschaut? Hast du gesehen, wie sie mich angesehen hat? Wenn sie gekonnt hätte, wäre ich von diesem Boot nie runtergekommen, Adrian! Sie war eifersüchtig. Und Eifersucht entsteht nur, wenn Gefühle im Spiel sind. Gefühle, von denen du anscheinend keine Ahnung hast!«

# Kapitel 13

## Eine Frau, eine Wahrheit

### - Adrian -

Sie blickte mich mit ihren vor Zorn erfüllten Augen an. Niemals hätte ich gedacht, dass sie hier noch stehen würde, wenn ich ihr die Wahrheit über Helena erzählen würde. Aber Hannah stand noch hier.

»Machst du das mit allen Kunden? Fragst sie erst, ob sie eine Tochter haben, um sich dann an sie ranzumachen?«

Ich öffnete den Mund, weil ich an unseren letzten Deal zurückdachte. Der Chef eines großen Pharmaunternehmens. Seine Tochter war süß, etwas naiv, aber süß.

»Oh, mein Gott«, sagte Hannah, und konnte anscheinend meine Gedanken lesen. Sie wusste, dass Helena nicht die Erste war.

»Mir war ja klar, dass ich dich nicht kenne. Eine Nacht macht mich noch lange nicht zu einer Expertin, was dich betrifft. Aber ... ich dachte. Ich habe dich geküsst, ich wäre mit dir wieder ...«

Sie hielt sich ihre Stirn und schien fieberhaft nachzudenken.

»Hannah ... das ist geschäftlich, das hat nichts zu bedeuten!«

Und das zu sagen, war ein Fehler. Hannah blickte mich wütend an.

»Sagst du das auch Helena, wenn ihr den Auftrag habt und wieder zurückfliegt? Sagst du ihr das, nachdem du mit ihr geschlafen hast und ...«

»Ich habe nicht mit ihr geschlafen«, stellte ich klar, auch wenn das mit Sicherheit passiert wäre, hätte ich nicht Hannah getroffen.

»Seitdem ich dich wiedergetroffen habe, ohne zu wissen, wer du eigentlich bist, interessiert mich dieser dämliche Deal einen Scheißdreck!«

Sie wirkte überrascht, aber das war noch lange nicht alles, was ich zu sagen hatte.

»Es ist, wie es ist. Ich habe für meinen Job gelogen und Frauen etwas vorgespielt und einen Kerl gespielt, der ich nicht bin. Dazu kommt die Ironie, dass ich nicht mal im realen Leben weiß, wer ich bin. Vor diesem Urlaub war ich felsenfest davon überzeugt, das Richtige zu tun. Warum auch nicht? Dieser Auftrag würde unserer Agentur einen riesigen Aufschwung geben. Dann bin ich hierhin gekommen, nichts ahnend, was mir mit dir bevorstehen würde.«

Sie verschränkte die Arme vor der Brust. Hannah wirkte beleidigt.

»Ich meine nichts Negatives damit. Auch wenn du dafür gesorgt hast, dass meine Klamotten, die ich hierhergebracht habe, alle unbrauchbar geworden sind.«

Sie schenkte mir ein zögerliches Lächeln, das mich sofort etwas beruhigte.

»Es war die Biene«, antwortete sie.

»Hannah, ich weiß, dass ich es vergeigt habe. Aber du solltest wissen ...«

Auch wenn es hier ziemlich dunkel war, schimmerte ihr Haar leicht. Die Fackeln vom Hotel sorgten für diesen Effekt. Sie sah wunderschön aus.

»Adrian?«, hakte sie nach, weil mir die Sprache fehlte.

»Ich habe ... keine Kontaktlinsen getragen«, war mein einziger Satz, den ich gerade herausbringen konnte.

»Wie bitte?«

Natürlich verstand sie mich nicht.

»Als diese Biene mich in den Pool verfrachtet hat. Ich habe keine getragen. Ohne die Dinger bin ich fast blind.« Das war eine der wenigen Sachen, die ich auch von meinem geliebten Vater vererbt bekommen hatte.

»Kontaktlinsen?«, murmelte sie nachdenklich. »Deswegen hast du mich nicht erkannt?«

Ich nickte. »Und damals hattest du eine andere Haarfarbe, die Haare etwas kürzer ...« Sie war damals auch etwas fülliger gewesen, wenn ich mich recht erinnerte, aber das würde ich für mich behalten. Ich war ja nicht verrückt und grinste.

»Ich war sauer, weil du mich nicht erkannt hast und ich hatte nur Strähnchen«, flüsterte sie leise, aber verstehen konnte ich sie trotzdem.

»Na ja, das habe ich mir fast gedacht, als ich mit meinen Klamotten im Pool gelandet bin.« Dennoch verfluchte ich es, sie nicht sofort erkannt zu haben.

Anstatt das peinlich zu finden, versuchte sie ihr Lachen zu unterdrücken. Das sah ich an ihren zusammengepressten Lippen.

»Und du warst eifersüchtig wegen Ilias«, murmelte sie, sah aber lieber zum Ozean, als zu mir.

»War ich«, gab ich ehrlich zu. Aber diesmal lachte sie nicht, sie starrte stur in die Weite.

»Ich bin eifersüchtig auf Helena gewesen. Verrückt, oder? Immerhin willst du nur mit ihr schlafen, mehr nicht. Als wäre sie nur ein One-Night-Stand ohne Bedeutung.«

Dass dieser Satz für sie Bedeutung hatte, war mir klar. Und dass Hannah diese Sache niemals akzeptieren würde.

»Ich habe dich gesucht.«

Sie wirkte irritiert. »Gesucht?«

»Vor drei Jahren bin ich aufgewacht, und du warst nicht da. Normalerweise hätte mich das glücklich machen sollen, so war es aber nicht. Ich bin jede Woche zurück zu dieser Bar und hatte gehofft, dass du dort auftauchst. Ich kannte deinen Namen nicht, ich wusste nicht mal, ob du in London lebst.«

»Du bist in die Bar gegangen?«

Ich nickte und sie machte instinktiv zwei Schritte auf mich zu.

»Über Wochen. Aber irgendwann, nach mehreren Frei-Bier-Runden in der Bar, habe ich es aufgegeben. Für dich war es nicht mehr, als das, was es sein sollte: ein unverbindlicher One-Night-Stand. Die Ironie an der ganzen Geschichte war die, dass ich es nie anders haben wollte. Bis du kamst. Eine völlig fremde Frau in einer Bar.«

»Adrian ...« Sie wollte etwas sagen, das mir nicht gefallen würde. Ich hatte einen Instinkt dafür. Also tat ich das, was ich besonders gut konnte. Ich drückte sie an mich und küsste sie.

Erst erwiderte sie den Kuss nicht. Hannah schien überrascht. Aber dann drückte sie sich gegen mich und öffnete den Mund.

Irgendwann fanden wir uns wieder auf dem Sand wieder. Was diese Frau mit mir anstellte, konnte ich immer noch nicht ganz begreifen.

Meine Hände fanden den Weg zu ihrem Busen. Sie trug zwar einen BH, aber das würde mich nicht aufhalten.

»Warte!«, bat sie mich erneut.

Innerlich schrie ich verzweifelt auf.

»Ich weiß nicht, ob ich das kann ...«

»Hannah. Sieh mich an.« Sie suchte meinen Blick, obwohl ich hier draußen kaum etwas von ihr sehen konnte. »Ich habe nie einen Grund gefunden, mit meinen Methoden aufzuhören. Jetzt habe ich einen.«

Lange schaute sie mich an. »Ich will nicht, dass du es nur für mich tust.«

Ich lächelte. Sie war wirklich einzigartig, diese Hannah Valentine.

»Es wäre gelogen, wenn ich sagen würde, ich tue es nicht für dich. Aber ich mach das auch für mich.«

»Du wirst das mit Helena beenden?«, fragte sie nochmals nach.

»Werde ich«, antwortete ich ihr ehrlich und strich ihr eine lose Haarsträhne aus dem Gesicht. »Auch wenn meinerseits nie etwas wirklich angefangen wurde.«

Sie berührte meine Wange.

Ich starrte auf ihre Lippen, die ich nur schwer erkennen konnte. Aber da ich wusste, dass Hannah unter mir lag, mit diesem vollen Mund, den schönen Augen und diesen tollen Kurven, war alle Beherrschung dahin.

Ich zog sie mit einem Ruck dichter an mich, Hannah keuchte zwar, hatte aber absolut nichts dagegen.

Meine Erektion tat schon weh, als wir uns die Kleider vom Leib rissen. Kichernd fiel sie über mich her und ich hatte absolut nichts dagegen, dass sie plötzlich nackt auf mir lag und wir uns in einem langen Kuss wiederfanden, den ich am liebsten nie beenden wollte.

»Adrian«, murmelte sie gegen meine Lippen und erhob sich, damit ich meinen Schwanz dorthin bekam, wo er die ganze Zeit hinwollte.

Mit einem lauten Stöhnen setzte sie sich auf ihn und ich schloss genussvoll die Augen. Fühlte diese Frau sich gut an.

Es war wie damals. Ich wusste schon vor drei Jahren, dass dieses Gefühl anders war. Anders als alles, was ich bisher fühlen durfte. Insgeheim hatte ich immer einen Namen dafür gesucht. Und jetzt, da sie hier mit mir an diesem Strand war und wir uns so nahe waren, wusste ich plötzlich, wie ich das hier beschreiben konnte: Es war wie nach Hause kommen.

# Kapitel 14

## Irrungen und Wirrungen

### - Hannah -

Wir liefen nach dem Sex Händchen haltend über die Hotelanlage. Dabei ließen wir uns nicht aus den Augen.

Als wir in den Lift stiegen, blieben wir allein.

»Du hast da ein bisschen Sand«, sprach ich und zeigte auf seine Erscheinung. Die Sandkörner befanden sich von Kopf bis Fuß auf seinem Körper.

Wie sah ich wohl aus? Es kratzte überall, aber es war mir egal. Ich hatte gerade Sex. Mit Adrian. Am Strand. Und es war ...

»Dir steht dein neuer Look«, murmelte er und zog mich an meinem Handgelenk zu sich. »Vor allem, wenn ich weiß, dass ich dafür verantwortlich bin.«

»Mmh.« Mehr bekam ich nicht raus. Zu sehr war ich fixiert auf diesen Mann vor mir. Dann küssten wir uns.

Mein Herz schlug Purzelbäume, aber so sollte es auch sein. Ich wollte dieses Gefühl zulassen. Zu lange schon hatte ich es nicht mehr spüren wollen.

Die Lifttüren öffneten sich mit einem lauten Geräusch.

»Hier muss ich raus«, murmelte ich gegen seine Lippen.

»Alles klar. Ich muss unter die Dusche, aber dann sehen wir uns morgen früh beim Frühstück, okay?«, fragte er und ich ging hinaus, ohne seine Hand loszulassen.

»Neun Uhr?«, hakte er nach, nachdem unsere Hände sich trennten.

Ich nickte und prägte mir diesen Mann ein, der mir viele Wahrheiten heute von sich offenbart hatte.

»Bis morgen«, verabschiedete ich mich.

Er lächelte, dann schlossen sich die Türen.

»Oh mein Gott«, flüsterte ich, quiekte dazu wie ein frischverknallter Teenager und schloss meine Zimmertür auf. Ich schaltete das Licht an und setzte mich erst mal auf den Stuhl direkt am Schreibtisch.

Adrian und ich. Ich und Adrian. Wir hatten Sex. Am Strand!

»Und es war ...«, redete ich mit mir selbst und lief vermutlich wieder rot an.

Wann hatte ich noch mal gedacht, dieser Urlaub wäre eine Katastrophe? Er war der Himmel!

Die Zweifel, dass Adrian vermutlich genau dieser Schwerenöter war, bestätigten sich zwar, aber er ... er wollte sich ändern. Er wollte sich für mich ändern. Ich bekam das Grinsen gar nicht mehr aus meinem Gesicht.

Frischgeduscht trat ich in mein Zimmer.

»Wo warst du verdammt noch mal?«

Justin hatte auf mich gewartet und sah scheiß wütend aus. Aber bei mir brauchte er gar nicht so kommen, ich fühlte mich einfach nur großartig.

»Am Strand«, antwortete ich ihm und schaute in meinen Schrank. Ich wusste jetzt schon, dass ich keine sauberen Klamotten mehr hatte. Dann musste die Hose herhalten, mit der ich hierher geflogen war.

»Am Strand? In fünf Minuten kommt Stavros her, um mit uns über das Konzept zu reden.«

Ich seufzte, während ich mir eine Unterhose griff. Die Uhr zeigte 21 Uhr.

»Hast du mir überhaupt zugehört?«, fragte er nach.

»Habe ich, sollte ich aber nicht«, murmelte ich und zog dann meine Jeans an. »Adrian, was ist ...«

»Wir lassen den Deal platzen!«, erklärte ich ihm ohne große Umschweife. Ich suchte nach einem Oberteil, während Justin mich sicherlich schockiert anstarrte.

»Was?«

»Das mit Helena war eine völlig bekloppte Idee«, sagte ich.

»Ah, da haben wir das Problem. Geht es um diese Kleine? Um ... diese Ella?«

»Hannah«, korrigierte ich ihn.

Er winkte ab.

»Scheiß egal. Du versaust uns den größten Deal seit unserer Gründung, Adrian. Ist dir das klar?«

Kopfschüttelnd griff ich mir mein Hemd, das auf dem Stuhl lag, zog es über und knöpfte es zu.

»Adrian!«

»Ich habe dich schon verstanden!«, stellte ich genervt klar. Er sah mich abwartend an, als würde ich meine Meinung noch ändern. Mir war ja bewusst, dass das nicht einfach mit ihm werden würde, aber dass er es gar nicht nachvollziehen konnte, war ...

»Wir hätten Stavros nach London fliegen lassen sollen. Diese Sonne, diese Insel, deine Hormone ... die machen dich völlig bekloppt in der Birne«, behauptete er jetzt und lief in meinem Zimmer hin und her. »Was denkst du dir eigentlich dabei? Da triffst du eine wildfremde Frau und willst ihr jetzt beweisen, wie groß dein Schwanz ist und dabei riskierst du mal eben deinen Job.«

»Wir haben genug Rücklagen, verdammt noch mal!«

»Rücklagen für schlechte Zeiten«, schoss mein Geschäftspartner zurück. »Und nicht für Zeiten, indem du irgendeine Pussy bearbeitest und die Arbeit vernachlässigst.«

»Pass auf, was du sagst! Hannah ist ganz sicher nicht irgendeine Pussy, sie ist verdammt noch mal der einzige Mensch, der nicht nur die Kohle hinter allem sieht.«

Justin lachte höhnisch auf. »Natürlich! Gleich sagst du mir noch, dass du sie liebst, ein paar Kinder machen willst und dir ein Häuschen in Edinburgh kaufst.«

Ich sagte nichts, weil ihn das alles einen Scheiß anging. Sobald man nicht wie ein guter alter Freund handelte, war man für ihn einfach nicht existent. Hauptsache die Kohle stimmte. Vor ein paar Jahren hätte ich ihm noch recht gegeben. Aber dieser ganze Scheiß kotzte mich nicht erst seit gestern an.

Dieser Gedanke reifte schon länger in mir. Und Justin würde das nie verstehen.

»Mann, Adrian.« Er kam auf mich zu und drückte meine Schulter. »Stavros wartet. Wenn du das alles platzen lassen willst, gut. Helena ist nicht mehr wichtig. Vermutlich wird er heute schon das Okay geben, und wir bekommen den Auftrag. Ein einziges Mal noch. Bitte.«

Ich nickte. Was machte das schon? Helena wäre nicht dabei und Stavros würde nicht erfahren, dass ich mit seiner Tochter nichts zu tun haben wollte.

Nachdem ich geduscht hatte, stellte ich fest, dass ich mein Handy verloren hatte. Schon wieder. Deswegen entschied ich noch mal zum Strand zu gehen, um danach zu suchen.

Ich verließ gerade den Lift, als ich Ilias begegnete.

»Kann ich helfen?«, rief er mir nach, während ich mich umsah.

»Ich suche mein Handy. Wenn du irgendwas hörst, sag bitte Bescheid.«

»Mach ich«, antwortete er.

Ich erwiderte sein weiteres Starren nicht, suchte lieber weiter. Dass ich es immer wieder verlor, war doch nervig.

Ich trug kurze Shorts und ein Spaghettitop. Trotz der Dusche war mir warm. Womöglich lag es an Adrians Küssen, aber ich sollte da jetzt nicht dran denken. Wir würden uns morgen sehen und ...

Abrupt blieb ich kurz vor dem Ausgang stehen.

Justin, Adrian, ein mir unbekannter Mann und Helena saßen an einem Tisch und redeten miteinander. Aber was mich absolut sprachlos machte, war, dass Helena Adrians Nacken kraulte und ihre andere Hand auf seinem Oberschenkel lag. Er wehrte sich nicht. Gut, ich konnte nur seine Rückenansicht sehen, aber er tat verdammt noch mal nichts.

»Es waren nur leere Worte«, murmelte ich. »Leere Worte.«

Es war eine unruhige Nacht. Nachdem Stavros und Helena endlich gegangen waren, war es bereits fast Mitternacht, dennoch knöpfte ich mir Justin vor. Was dachte der Vogel sich eigentlich? Ich hatte ihm klipp und klar gesagt, dass ich diesen Deal so nicht haben wollte.

Justin spielte alles herunter, ich verzog mich ins Bett und hoffte, dass ich morgen früh eine bessere Laune hatte. Wobei Hannah auf mich wartete ... Automatisch grinste ich bei diesem Gedanken und schlief dann doch noch ein.

Ich war schon um halb Neun unten am Frühstücksbuffet und sah mich neugierig um. Vielleicht konnte sie es auch nicht abwarten mich zu sehen? Ich hoffte es.

Schon immer war ich ein Frühaufsteher gewesen, aber fünf Uhr war auch für mich verdammt früh gewesen. Warum hatte ich mir nicht ihre Handynummer geben lassen? Dann hätte ich sie bereits fragen können, ob wir uns nicht eher treffen könnten.

Sie war nirgends zu finden. Vermutlich würde sie wirklich erst um neun Uhr runterkommen. Natürlich hätte ich sie auch abholen können, aber so verzweifelt wollte ich nicht aussehen. Hannah musste nicht unbedingt wissen, dass sie mir jetzt schon nicht mehr aus der Birne ging. Hannah. Hannah. Hannah. Nichts anderes kannte mein Hirn momentan und es sollte mir eine Heidenangst machen. Aber ich hatte keine Angst.

Ich wollte gerade wieder ins Hotel, um Hannah direkt abzuholen, als mir ihre Freundin auffiel. Julia.

Sie saß allein am Tisch und bearbeitete gerade ihr Frühstücksei. Wobei sie dieses eher kaputtschlug.

»Guten Morgen«, sprach ich sie an und hoffte, dass Hannah gleich hier auftauchen würde. Vielleicht war sie gerade auf der Toilette?

Ihr Blick glitt nur für ein, zwei Sekunden zu mir, dann schlug sie wieder auf das Ei an.

»Alles okay?«, hakte ich nach.

Sie schnaubte und ich bekam langsam das Gefühl, dass ich tatsächlich das Problem war.

Als sie immer noch nicht antwortete, drehte ich mich weg, um zu Hannah zu gehen.

»Sie ist weg!«

»Was?«

Ich wandte mich ihr wieder zu. Diesmal schaute sie mich an.

»Obwohl unser Flug morgen früh geht, ist Hannah abgereist.«

Verwirrt schaute ich sie an. »Moment ... was? Sie ist abgereist?«

»Ich weiß leider auch nicht viel mehr«, murmelte sie und hob ein Handy hoch.

»Dieser Concierge hat mir ihr Handy gegeben. Hat Hannah verloren. Sie ist also auch nicht zu erreichen.« Sie musterte mich skeptisch. »Und jetzt muss ich mir natürlich Fragen stellen. Eine davon wäre folgende: Warum interessiert ausgerechnet Sie der Verbleib meiner Freundin?«

Ich wollte zur Antwort ansetzen, aber da kam sie mir schon zuvor.

»Lassen wir das, es ist offensichtlich, dass es mit Ihnen zu tun hat!«

Sie stand auf, legte die Serviette auf den Tisch und lief los. Wollte sie jetzt einfach gehen? Die einzige Verbindung zu Hannah wollte sich jetzt auch verdrücken?

»Warte doch mal ...«

»Ich wüsste nicht, wann wir beim ‚Du‘ gelandet sind«, zickte sie herum und lief in die Lobby. Ich folgte ihr wie ein Idiot, aber was blieb mir anderes übrig? Hannah war abgereist und ich hatte keine Ahnung warum.

»Kannst du mir ihre Adresse geben? Damit ich ...«

Blitzschnell blieb sie stehen, sodass ich fast in sie hineingerannt wäre. Dann funkelte sie mich wütend an.

»Ich habe ihr gesagt, dass sie dich entweder ignorieren oder dich aus dem Kopf vögeln soll«, begann sie. »So wie du schaust und mir hinterherrennst, hat das mit dem aus dem Kopf vögeln wohl nicht geklappt. Ich frage mich deswegen umso mehr, was du zum Teufel getan hast?«

Sie schien auf meine Antwort zu warten, aber ich hatte wirklich keine Erklärung für Hannahs Verhalten.

»ADRIAN!«, ertönte Helenas hohe Stimme. Ich hätte mit den Augen gerollt, wenn Julia nicht schon reagiert hätte.

»Ah, da haben wir wohl die Antwort auf meine Frage«, sprach sie und lief zu den Liften.

Ich wollte ihr hinterher, aber Helena stellte sich mir direkt in den Weg.

»Guten Morgen! Hast du mich nicht gehört?«

Wie könnte ich diese Stimme überhören?

Ich versuchte zu lächeln, aber selbst das gelang mir nur bedingt.

»Papa war begeistert von euren Vorschlägen gestern Abend.« Sie drückte mich an sich, aber ich hielt sie davon ab, mein Gesicht zu berühren.

»Helena ...«

Verwirrt schaute sie mich an.

»Es tut mir leid, aber das mit uns beiden ...«

Ihr Blick verdunkelte sich. »Was willst du mir sagen?«

Ich suchte Abstand und vergrößerte ihn. »Ich fliege heute nach Hause. Das mit uns hat also keine Zukunft.«

»Du fliegst heute schon? Wovon sprichst du, Adrian?«

Ich war selbst schuld. Wie oft hatte ich ihr schönes Zeug ins Ohr gesäuselt? Ihre Aufmerksamkeit war mir das Wichtigste, weil der Auftrag so bedeutend für uns war. Aber nicht mal die Information von ihr, dass Stavros beeindruckt war, konnte mich davon abhalten, dass Richtige zu tun.

Ich fuhr mir durch mein Haar. Dieser Morgen sollte doch eigentlich völlig anders aussehen!

»Es tut mir leid«, entschuldigte ich mich dann noch.

Und jetzt war der Punkt erreicht, an dem auch Helena verstand.

»Du beendest das mit uns?«

Es folgten Flüche auf Englisch und auf Griechisch. Ich verstand kaum etwas davon. Einige Gäste schauten zu uns rüber, aber das schien sie noch mehr aufzubringen.

»Du bist ein mieses Arschloch, Adrian. Ich hoffe, du erstickst an deinen Lügen!«

Dann marschierte sie davon und ich stand wie ein Depp mitten in der Lobby. Ich drückte mir den Nasenrücken.

»Sie haben sich zu spät von ihr getrennt«, sprach mich plötzlich dieser Concierge an, der wenige Meter von mir entfernt an der Tür zum Ausgang stand. Hielt der sich schon die ganze Zeit über dort auf?

Er schien zu arbeiten, weil er wieder seine Uniform trug.

»Gehen Sie Ihrer Arbeit nach, dafür werden Sie bezahlt«, antwortete ich ihm gereizt. Dann dachte ich an die Bedeutung des Satzes, den er zu mir gesagt hatte.

»Wieso zu spät?«, hakte ich nach und ging auf ihn zu.

Wie hieß der Typ noch mal? Ilias?

Der Grieche sah mich amüsiert an, als würde er diese Situation geradezu genießen. Oh, und wie er das hier genießt.

»Hannah hat sie gesehen.«

»Wo gesehen?«, fragte ich aufgebracht. Der Typ sprach in Rätseln.

»Als sie mit Ihrer Freundin gestern Abend an der Bar saßen. Ich habe hier gearbeitet und gesehen, was sie gesehen hat«, antwortete er und wirkte ziemlich zufrieden mit sich, als ich endlich verstand. »Sie hätten dieses doppelte Spiel nicht spielen sollen.«

Es überfiel mich ohne Zögern. Ich griff mir die Jacke dieses Idioten und riss ihn an mich.

»Es gab kein doppeltes Spiel, verdammt! Ich ... ich dachte ...«

Die Wut war verpufft, bevor ich sie ganz herauslassen konnte. Ich ließ den völlig ruhigen Ilias oder wie auch immer er hieß, los.

»Keine Ahnung, was ich mir dabei gedacht habe. Aber Hannah hintergehen?« Ich schüttelte den Kopf. »Nein. Das wollte ich nicht und das war auch nicht das, was sie vermutlich angenommen hat, als sie mich in der Bar gesehen hat.«

Alles, was ich wollte, war Justin einen Gefallen tun. Ich hatte Helena nicht angefasst, sie wollte es ... das war sicher, aber ich hatte es nicht getan.

Und das alles lag an Hannah. Ich wollte keine Spielchen mehr spielen. Dennoch hatte es nichts gebracht. Sie war gegangen.

# Kapitel 15

## (K)eine zweite Chance

### - Hannah -

*Drei Tage später*

»Das gibt's doch nicht«, fluchte ich und gab es auf, die neue Schere aus der Verpackung zu bekommen.

Seit drei Tagen war ich wieder zu Hause. Nie war ich glücklicher, den Regen Londons zu sehen, als ich den London City Airport verließ. Ich hatte eine Stunde nach Hause mit dem Taxi gebraucht, dabei zwei Staus umfahren müssen, und als der Regen sich in Hagel verwandelte, hasste ich diese Stadt schon wieder.

Ich war eigentlich auf dem Weg zur Arbeit, aber da ich noch unbedingt die Post öffnen wollte, die ich die ganze Zeit seit meiner Rückkehr ignoriert hatte, brauchte ich jetzt diese Schere.

»Was tust du da?«

Ich schrie erschrocken auf, als Julia plötzlich in meiner Küche stand.

»Was zum ...? Wie bist du hier reingekommen?«

»Die Tür war offen. Und das wäre meine nächste Frage. Warum hast du deine Haustür nicht abgeschlossen?«

Ich wusste keine Antwort darauf, als sie näher trat und mich musterte.

»Du warst eine Woche in Griechenland und siehst trotzdem absolut beschissen aus. Trägst du diese Bluse schon seit drei Tagen?«

»Natürlich nicht«, murmelte ich, war mir aber nicht ganz sicher.

Irgendwie verliefen die letzten Tage nur in einem Modus. Bett, Toilette und das Ganze wieder von vorne.

Ich grummelte etwas genervt.

»Und trotzdem willst du so zur Arbeit?«

Sie sah perfekt aus in ihrem Etuikleid, aber dazu musste ich sie nicht weiter anschauen. Dafür war ich auch zu sehr mit dieser dummen Verpackung beschäftigt.

»Jetzt lass mich das mal machen, das kann man sich ja nicht mehr mit ansehen«, murmelte sie, entriss mir die Verpackung und öffnete sie mit einem Ruck.

»Danke«, seufzte ich. »Wer zum Teufel packt auch eine Schere in Plastik?«

Ich griff mir meine Schuhe und zog sie an.

»Und wer zum Teufel reist 24 Stunden vor Abflug einfach ab? Ohne der besten Freundin, mit der du hingeflogen bist?«

Okay, es war also so weit.

»Es tut mir leid«, entschuldigte ich mich. »Es ist nur ... Ich konnte nicht mehr dort bleiben.«

Julia lehnte sich an die Spüle und schaute mich aufmerksam an.

»Was hat er getan?«

»Er ...« Was sollte ich ihr erzählen? »Ich habe einen Fehler gemacht.«

»Das verstehe ich nicht.«

»Ich habe mich auf etwas eingelassen, das mir sofort wieder um die Ohren geflogen ist, Julia. Was verstehst du daran nicht?«, erklärte ich ihr und wurde viel zu laut dabei. Ich suchte mein Handy. Wo zum Teufel war es?

»Ich weiß nur von dem Zettel, den mir die Rezeptionistin morgens in die Hand gedrückt hat, auf dem die kurze Nachricht stand, dass du abgereist bist. Wenn du dein Handy suchst, hier ...«

Sie warf es mir zu. Verwirrt schaute ich sie an. Woher hatte sie das denn jetzt?

»Hab es gefunden. Was ein Zufall, oder? Was glaubst du, wie überrascht ich war, als mich morgens Adrian ansprach und wissen wollte, wo du bist.«

»Was?« Er hatte sie gesehen? Sie hatte ihn gesehen? War Helena dabei?

Das Handy in meiner Hand war vergessen, die Tasche, die ich suchen wollte auch.

»Jepp, er hat nach dir gesucht. Irgendwie kam die Info, dass du abgereist bist nicht bei ihm an.« Sie griff nach einem Apfel und biss hinein. Dann wartete sie auf meine Reaktion.

Erschöpft hob ich die Hände. »Ich habe mit ihm geschlafen!«

Julia starrte mich immer noch an, nicht mal ein Nerv zuckte in ihrem Gesicht.

»Seinem Grinsen an dem Morgen nach zu urteilen, würde ich dir da zustimmen.«

»Sehr witzig«, konterte ich. »Er hat mir die Geschichte mit Helena und ihm erzählt, und ... ich glaubte ihm. Das war ein Fehler. Ich habe ihm zugehört, obwohl ich sonst immer abhaue.«

Eine Weile blieb es still zwischen uns.

»Auch das war ein Fehler«, gab ich zu.

Julias aufmunternden Gesichtsausdruck konnte ich nicht ertragen. Seit wann war ich so ein Häufchen Elend? Dieses Bild hatte ich doch mindestens ... ja, drei Jahre nicht mehr abgegeben,

»Hast du ihm das auch so gesagt?«, fragte sie mich und brachte mich zur Weißglut.

»Ich ... warum zum Teufel reden wir hier über mich? Kannst du nicht wieder über heiße Hintern, belanglosen Sex und Brustvergrößerungen reden?«

»Wann habe ich jemals über größere Titten nachgedacht? Ich habe die hier!« Sie zeigte auf ihre eigenen Brüste. »Übrigens habe ich mit Chris telefoniert.«

Ich sah sie verwirrt an.

»Ich hatte dein Handy, du dumme Nuss. Als er zum 20. Mal anrief, ging ich ran und erklärte ihm mal, wie wenig es dich interessiert, dass seine Affäre nichts von ihm wissen will. Wusstest du, dass diese Schlampe Gigi heißt? Gigi?«

Ich nickte. Von ihr hatte er die letzten Wochen nur noch gesprochen.

»Jedenfalls wird er dich nicht mehr anrufen. Habe ihm klargemacht, dass er ein Wichser ist und du mit Wichsern nun mal nicht verkehrst.«

Ich hätte wütend sein sollen. Immerhin hatte Julia etwas getan, das sie im Grunde nichts anging. Aber seltsamerweise war ich ihr dankbar. Das mit Chris war verrückt. Wie hätten wir Freunde werden können? Ich war nur ein dämlicher Kummerkasten für ihn.

Endlich hatte ich meine Handtasche wiedergefunden. Mein Haustürschlüssel war auch gefunden, jetzt musste es nur noch zur Arbeit gehen.

»Wir müssen los«, sprach ich und lief zur Haustür. Julia schien einen Moment zu überlegen, dann folgte sie.

Mir geht es gut.

Dieses Mantra hielt ganz genau bis zum Taxi, dass wir uns bestellten. Denn dann fiel mir auf, dass ich gar nicht die Post aufgemacht hatte, so wie ich es vor Julias Besuch eigentlich vorhatte.

Ich bin so fertig.

## - Adrian -

Ich tippte den letzten Rest in den Computer ein, bevor ich Feierabend machen würde.

Immer wieder glitt mein Blick zu dem Post-it, auf dem ihre Adresse stand.

Als ich allein zurückgeflogen war, telefonierte ich das Einwohnermeldeamt ab und fand sie ... es gab zwar ein paar Hannah Valentines in London, aber sie war weder im Kleinkindalter noch in Rente gegangen.

»Na, dass du dich tatsächlich in die Agentur traust.«

Justin setzte sich mir gegenüber und wirkte sauer. Aber leider hatte ich wirklich kein Interesse, seine kleinen Wunden zu lecken.

»Ich erledige ein paar Dinge, dann nehme ich mir frei«, erklärte ich ihm.

Justin setzte sich auf.

»Und wie lange soll dieser Urlaub gehen? Immerhin muss ich das ja wissen, weil wir Geschäftspartner sind, wie du ja weißt.«

»Ich habe keine Ahnung«, antwortete ich ihm und schaltete den Computer aus.

»Na, wunderbar! Erst lässt du mich auf Rhodos im Stich, dann heult mir Helena die Ohren zu, weil du sie abserviert hast, jetzt machst du auf unbestimmte Zeit Urlaub. Du bist dir im Klaren, wie viel Kohle uns dadurch entgangen ist?«

»Oh ja, das weiß ich!« Ich packte ein paar Sachen in meinen Aktenkoffer hinein.

»Aber ist es das, was du wirklich willst? Ich wollte meinen Vater beeindrucken. Wir haben in den letzten zwei Jahren einen Deal nach dem anderen an Land gezogen, und rate mal, wer nur geschnaubt hat, als ich ihm erzählt habe, dass wir für den Deal nach Rhodos fliegen?«, erklärte ich ihm.

Justin sah mich aufmerksam an.

»Ihm wird das hier ...« Ich zeigte auf unsere Agentur, die mittlerweile zwanzig Mitarbeiter beschäftigte und eines der modernsten Büros in ganz London war. Aber es war für meinen alten Herren nie genug. Nie reichen! Und deswegen haben wir das mit den Auslandsaufträgen doch erst angefangen!«

»Ja, dein Dad ist schon echt heftig ...«, murmelte Justin und setzte sich wieder auf. »Ich bin ehrlich: Den reichen Affen ständig den Arsch pudern, war jetzt auch nicht mein Lieblingsjob, aber die Kohle ist schon verlockend.«

Er hatte recht.

»Aber zu was für einen Preis?«, fragte ich ihn und lehnte mich frustriert zurück.

»Und das alles hat Hannah in dir ausgelöst? Dass du das viele Geld, den Ruhm, das alles auf einmal nicht mehr willst?« Justin wirkte nicht ungläubig, sondern regelrecht fasziniert.

Ich schüttelte den Kopf. »Das alles befand sich schon vorher in meinem Kopf. Ich ... habe nur nicht den Mut gehabt, es laut auszusprechen. Mein Vater ist nicht seit gestern erst ein Arsch, und es nervt mich auch schon von Anfang an, dass wir den Töchtern oder

Ehefrauen der Auftraggeber schöne Augen machen müssen. Was zum Teufel soll das? Wir sollten wegen unserer guten Arbeit bewertet werden und nicht, weil wir Helena oder sonst wen beeindrucken, damit die zu Daddy laufen und uns dann den Auftrag geben!«

»Du hast recht«, seufzte er. »Wir hätten in London bleiben sollen, Rhodos war ein Fehler.«

»War es nicht, aber es hat uns die Augen geöffnet«, antwortete ich ihm.

»Du meinst, es hat dir die Augen geöffnet«, grinste Justin.

Ich lächelte leicht. »Kannst du dich noch an diese Frau erinnern, die ich in der Bar kennengelernt habe und die morgens einfach abgehauen ist?«

»Sicher. Du warst über Wochen nicht ansprechbar. Übrigens habe ich deswegen immer noch ein paar Urlaubstage bei dir gut, weil ich für dich den Papierkram ...«

Ich sah ihn an, er bemerkte meinen Blick.

»Wow, das ist Hannah? Hannah ist die mysteriöse Frau, die du so verzweifelt gesucht hast?«

Ich nickte, weil ich ehrlich nicht wusste, was ich dazu noch sagen sollte. Als ich das herausfand, war ich ja schon geschockt genug.

»Das ist echt ein großer Zufall, Mann.«

»Jepp«, antwortete ich ihm.

»Was tust du dann noch hier?«, fragte er mich jetzt. Verwirrt sah ich ihn an.

»Du warst nicht mehr du selbst, nach Hannah. Ich dachte, es lag daran, dass sie die Erste war, die abgehauen ist. Du kennst das, verletztes Ego und so weiter. Aber jetzt ist sie wieder da und du bist völlig ...«

Ich nickte, weil es stimmte. »Ich weiß, sie bringt mich ...«

Es ging nie darum, dass sie ohne ein Wort gegangen war. Es war mehr als das. Hannah war verschwunden, ohne dass ich herausfinden konnte, was so besonders an ihr war.

Jetzt hatte ich sie wiedergetroffen und die Faszination war schon da, bevor ich sie mit der alten Hannah von vor drei Jahren in Verbindung gebracht hatte. Vielleicht war mir unterbewusst immer klar, dass sie es war, nach der ich gesucht hatte. Aber das, was ich bei ihr fand, war etwas anderes. Etwas noch Schöneres. Ein Gefühl von zu Hause.

»Ich wiederhole, was tust du dann hier?«

Ich stand auf, um endlich zu ihrer Adresse zu fahren. Dann kamen aber wieder die Zweifel auf.

»Du siehst aus, als hättest du was Schlechtes gegessen«, kommentierte mein bester Freund.

»Sie ist abgehauen, weil sie gedacht hat, Helena und ich wären ... während Hannah und ich ...«

Justin runzelte die Stirn. Klar, er hatte absolut keine Ahnung, was da im Hotel abgelaufen war.

»Während Hannah und du es getrieben habt«, mischte sich plötzlich Julia ein, die am Türrahmen stand. »Eure Sekretärin raucht unten, falls euch das überhaupt jemals aufgefallen ist. Schöne Büroräume habt ihr. Ich bin beeindruckt.« Sie setzte sich neben

Justin und nickte ihm höflich zu. Der bemerkte aber eher ihr knappes Outfit, das sie trug.

»Was machen Sie hier, wo ist …«

Auch wenn die Chancen gering waren, sah ich zur Tür.

»So leicht wird sie es dir nicht machen, mein Lieber«, sprach sie mich an.

Sie schlug ihre Beine übereinander und Justin beobachtete sie genau dabei.

»Ich habe euer Gespräch zufällig mitbekommen«, begann sie.

»Zufällig?«, hakte ich amüsiert nach.

Sie winkte ab. »Mir war nicht klar, ob es sich lohnen würde, wenn ich vorbeischaue. Aber jetzt ergibt das mit dieser griechischen Blondine tatsächlich einen Sinn.«

Ich setzte mich wieder hin.

»Ich habe Helena nicht mehr angerührt, seit das mit Hannah begann.«

Julia nickte. »Hat sie dir erzählt, warum sie damals abgehauen ist? Nach eurer gemeinsamen Nacht? Also der Ersten?«

Justin grinste. »Na ja, ich könnte es mir schon denken.«

»Halt die Klappe«, sagte ich. Dann wandte ich mich wieder zu Julia. »Sie hat mir nichts erzählt.«

»Sie war damals mit diesem Loser namens Chris zusammen. Es war ihr gemeinsamer Jahrestag, sie feierten ihn, und ausgerechnet an diesem Tag beichtete er ihr, dass er fremdgegangen ist. Mehrmals. Daraufhin ist sie abgehauen und in dieser Bar gelandet.«

Sie war mit jemanden zusammen?

»Hannah rief mich an, nachdem sie aus deiner Wohnung abgehauen ist. Sie war wahnsinnig fertig, weil sie sich schuldig gefühlt hat. Danach hat sie Chris abgeschossen.«

»Scheiße«, kommentierte ich.

»Das mit Chris hat sie ziemlich mitgenommen, aber ich weiß auch, dass sie sich immer gefragt hat, wer du wohl bist. Eine Zeit lang habe ich mir immer einen Scherz erlaubt und bei jedem Typen, der ihrer Beschreibung nach so aussah wie du, sofort nach ihr gerufen. Das war wirklich witzig. Sie wurde immer rot wie eine Tomate und ... ist ja auch egal. Ihr zwei habt, warum auch immer, auf Rhodos eine zweite Chance bekommen. Ohne irgendeinen Chris.«

»Aber da war ja noch Helena«, mischte Justin sich ein.

»Danke, das hätten wir fast vergessen«, erklärte ich ihm genervt.

»Und da ich jetzt weiß, dass ihr einfach geldgeil wart und du nichts weiter Verwerfliches getan hast ...,« Justin suchte meinen Blick, »... tauchst du bitte hier um, sagen wir 20 Uhr auf?«

Sie legte eine Karte hin. Mir kam der Name sofort bekannt vor.

»Moment, Julia das hier ist ...« Ich hob die Karte auf.

»Das stimmt schon so. Ich muss wieder los. Bis dann.«

Sie zwinkerte Justin zu und verschwand dann Hüften schwingend hinaus. Justin fiel fast aus dem Stuhl, weil er ihr so lange nachschaute.

Ich jedoch blickte nur auf die Karte und den Namen der Bar, bei der sie mich erwartete.

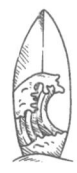

# Kapitel 16

## Ich bin einfach eine Frau in einer Bar

### - Hannah -

»Kann ich dir noch was bringen?«, fragte mich der Barkeeper.

Ich verneinte.

»Kennen wir uns?« Er musterte mich neugierig. Wieder verneinte ich. Dann ließ er mich allein.

Wenn das so weiterging, wäre ich betrunken, bevor Julia hier endlich auftauchen würde. Sie schrieb mir eine SMS, dass ich tatsächlich hier auf sie warten sollte.

Wir müssen etwas mit dir machen. Aufarbeitung usw. Wehe, du drückst dich! Wir sehen uns um 19.45 Uhr in deiner »besonderen« Bar.

Natürlich war mir bewusst, welche »besondere« Bar sie gemeint hatte, aber was zum Teufel wollte sie aufarbeiten?

Da sie wusste, dass ich mir etwas beweisen musste, war ich hergekommen.

Denn diese Bar bedeutete nichts. Gar nichts.

Ich sah nach oben. Dennoch erkannte ich die dunkle Holzdecke. Der Boden war auch noch so verschlissen und dreckig wie früher.

Na großartig.

Die Bar war heute kaum besucht. Damals war sie proppenvoll.

»Ist hier noch Platz?«

Vor Schreck entglitten mir die Gesichtszüge. Adrian stand neben mir und lächelte leicht.

»Ich bringe sie um«, murmelte ich.

»Sie ist deine Freundin, Hannah. Sie will helfen.«

Ich schnaubte, als er sich zu mir setzte.

»Gut, sie ist eine sehr ... interessante Freundin«, sprach er.

Interessant?

»Ich würde eher verrückt sagen«, antwortete ich ihm.

Er lächelte. Ich versuchte ihn nicht anzusehen, aber in diesem Hemd und der Jeans sah er einfach umwerfend aus.

Ob Helena wusste, was für ein Glück sie hatte? Und schon war mein Lächeln dahin.

»Die Bar hat sich wirklich nicht verändert«, begann er und sah sich neugierig um.

»Kann schon sein. Ich muss auch wieder los ...«

»Warte.« Er berührte meine Hand und ich erstarrte. »Du solltest mir wenigstens zuhören.«

»Gib mir einen einzigen Grund!«

Lange sah er mich an. Warum zum Teufel hatte ich mich nicht besser zurecht gemacht? Ich trug alte Jeans, ein simples T-Shirt und schon fast ungekämmte Haare.

»Würde deine Freundin dich hier hinlotsen, wenn sie derselben Meinung wäre wie du, was mich betrifft?«

Da war schon was dran. Julia hielt nichts von verlogenen Typen.

Ich zögerte und er bemerkte es.

»Justin hat mich an dem Abend mit Helena und ihrem Vater überrascht. Ich habe ihm nur einen Gefallen tun wollen.«

»Einen Gefallen? Indem du mit ihr schläfst? Wow. Das ist aber eine echt tolle Freundschaft zwischen euch.« Den Sarkasmus konnte ich einfach nicht lassen.

»Wir saßen nur an dieser Bar! Es ist nichts passiert und es wäre auch nichts passiert!«

Lange sah ich ihn an. Aber es wirkte aufrichtig oder konnte ich das jetzt auch schon nicht mehr richtig deuten?

»Justin und ich hätten das nie anfangen sollen. Du hattest recht und mir war das auch klar, als wir am Strand waren ...«

»Aha.«

»Ich habe viele Dinge getan, auf die ich nicht stolz bin, aber das, was du mir vorwirfst, habe ich wirklich nicht getan. Hätte dieser Idiot von Concierge mir nicht Bescheid gegeben, wüsste ich heute noch nicht, warum du einfach abgeflogen bist.«

»Ich ... musste wieder arbeiten«, log ich und spielte mit meinem leeren Glas herum.

»Und du scheust Konflikte, laut Julia«, betonte er.

»Ach? Werde ich jetzt sogar zum Gesprächsthema? Nett!«

Ich stand auf und lief zum Ausgang.

»Was ist eigentlich dein Problem, Hannah?«, rief er mir nach.

»Was?« Ich drehte mich wieder um. »Du fragst mich wirklich, was ich für ein Problem habe?«

»Du sprichst ja nicht mit mir darüber. Aber gut, so wie du wirkst, scheine ich dir eh egal zu sein.«

Ich biss mir auf Innenseite meiner Wange, während er mich weiter ansah. Dieser intensive Blick gefiel mir nicht oder doch, nur konnte ich das jetzt nicht gebrauchen.

»Immerhin hast du mich ja nur aus Versehen in den Pool geschubst. Es überkam dich nicht einfach, weil du sauer warst. Enttäuscht, dass ich dich nicht sofort erkannt habe. Gib es zu ...« Er kam auf mich zu und begann den letzten Satz zu flüstern. »Dir hat es nichts bedeutet, als wir miteinander geschlafen haben, oder?«

»Anscheinend habe ich recht mit meiner Vermutung«, redete er weiter, weil ich nichts antwortete. Er wirkte tatsächlich enttäuscht.

»Das ist Schwachsinn«, sprach ich jetzt endlich.

Er schnaubte, glaubte mir nicht.

»Ich war sauer! Ich war enttäuscht. Ich war ... ich habe es schon mal durchgemacht«, redete ich mich in Rage. »Mein Ex hat mich betrogen, da fühlte ich mich schon ...« Angestrengt dachte ich darüber nach. »Ich weiß gar nicht mehr genau, wie es war.« Der Schock saß tief. »Ich weiß wirklich nicht mehr, wie es war.«

»Okay«, antwortete er, wirkte aber ziemlich verwirrt. Klar, ich sprach ja auch wie eine Verrückte.

»Nein! Du verstehst das nicht. Ich habe das nie überwunden, mich deswegen abgekapselt und jetzt ...« Spürte ich nur diese Enttäuschung gegenüber Adrian.

»Ich kenne dich doch«, sprach jetzt der Barkeeper. Wir standen die ganze Zeit über direkt am Tresen. Dann sah der Typ zu Adrian. »Und dich kenne ich auch.«

Adrian grinste, während ich begann mich herauszureden.

»Sie müssen sich irren, wir ...«

»Ich irre mich normalerweise nicht. Und deinen Freund kenne ich, weil er noch lang hergekommen ist, einen Drink getrunken und nach dir gefragt hat. Du hast recht.« Der Barkeeper schaute Adrian an. »Wie du gesagt hast, sie hat einen hübschen Hintern.«

»Hey!«, beschwerte ich mich, bemerkte aber das eigentliche Kompliment. »Danke.«

»Also, wollt ihr jetzt noch was trinken, oder nicht?«, fragte er jetzt und sah uns an. Auch Adrian starrte zu mir. Abwartend. Was sollte ich tun?

Adrian hatte eine plausible Erklärung gebracht. Aber konnte ich ihm glauben? Sollte ich das?

»Hannah?« Er hob die Hand, so als wollte er mich berühren, ließ es aber dann doch sein.

»Ein Drink. Mehr nicht«, antwortete ich und setzte mich wieder an die Bar. Adrian folgte mir.

»Das hast du damals auch gesagt«, erklärte er.

Verwundert schaute ich ihn an.

»Das weißt du noch?«

»Du würdest dich noch wundern ...«

»Ach wirklich?«

Er grinste. Ich grinste.

»Wir könnten auch einfach so tun, als würden wir uns hier zum ersten Mal sehen«, schlug er vor.

»Haben wir das nicht?«

»Doch, vor drei Jahren. Als du einfach eine Frau in ,ner Bar warst, und ich der Kerl, der auf der Suche nach einem guten Drink war.«

»Das hast du damals also gesucht?«, hakte ich neugierig nach.

Er zuckte mit der Schulter. »Ich wollte nichts suchen, aber als ich es gefunden habe, wurde mir klar, dass tatsächlich etwas fehlte.«

Der Barkeeper stellte uns zwei Drinks hin, ohne dass wir überhaupt etwas bestellt hatten.

»Ich kann mir sehr gut vorstellen, dass sie dir gefehlt hat. Die Drinks gehen aufs Haus.«

Wäre der Kerl nicht dieser väterliche Typ gewesen, wäre es merkwürdig gewesen. Jetzt grinste ich peinlich berührt, während Adrian mich nicht aus den Augen ließ.

Eine ganze Weile sagte keiner etwas.

»Du musst nur ein Wort sagen und ich verschwinde. Aber du solltest wenigstens darüber nachdenken«, sprach er.

»Nachdenken? Über was?«

Er wandte sich mir vollends zu. »Das, was da zwischen uns abläuft, ist keine normale Sache, die man einfach so abtun sollte. Ich bin nicht dein Ex, Hannah. Wenn ich Scheiße baue, erzähle ich es dir. Mir ist klar, dass das dazugehört, wenn man jemanden in sein Leben lässt.«

Adrian hatte meine Hände ergriffen und ich starrte darauf. Ich spürte die Wärme, die von ihm ausging.

»Hannah? Was willst du tun?«

Was ich tun wollte?

Ich entzog ihm meine Hand und griff nach dem Drink, der vor mir stand.

»Ich bin einfach nur eine Frau in einer Bar, die etwas Gutes zu trinken sucht.«

Ich grinste dabei, trank einen Schluck. Adrian ließ sich viel Zeit, bis er dann weitersprach.

»Was für ein Zufall, ich suche dasselbe.«

Ich stellte das Glas wieder zurück und sah ihn lächelnd an.

# Epilog

### - Hannah -

*Zwei Jahre später*

Ich liebte den Duft von sonnengebräunter Haut. Ich liebte das Mittelmeer. Ich liebte ... ach, ich könnte ewig so weitermachen. Aber dazu genoss ich zu sehr das Faulenzen.

Zwei Jahre Beziehung mit Adrian und endlich hatten wir es zurück an den Ort geschafft, der uns zusammengeführt hatte.

Ich lag am Pool, hatte die Augen geschlossen und döste vor mich hin.

Als ich Adrian damals in der Bar inoffiziell eine zweite Chance gegeben hatte, war das die beste Entscheidung meines Lebens gewesen. Er hatte recht behalten. Wir beide passten perfekt zueinander.

»Oh verflucht«, hörte ich ihn plötzlich laut rufen.

Ich erhob mich und sah dabei zu, wie Adrian wild mit den Armen herumfuchtelte. »Verdammte Biene!«

»Was?« Ich rappelte mich sofort von der Liege auf und lief zu ihm.

Er war allergisch gegen Bienenstiche, das hatte er mir einmal gesagt, als er mich mal wieder wegen des unfreiwilligen Stoßes in den Pool aufzog.

Adrian bewegte sich immer wilder. Ich wollte ihn ja darauf hinweisen, dass er sich zu nah am Pool bewegte, aber da war es schon zu spät.

Er flog in voller Montur ins kalte Nass. Schon wieder.

»Das ist wohl Schicksal«, seufzte ich, als er auftauchte. Dass ich gerade ein echtes Déjà-vu-Erlebnis hatte, war klar, oder?

Adrian sah toll aus mit diesen feuchten Haaren, aber auch irre komisch. Sämtliche Gäste starrten uns an, als er schulterzuckend eine Hand hob. Er hielt etwas fest. Es war klein, rund und ... ein verfluchter Ring!

»Eigentlich wollte ich ihn dir in ein Champagnerglas legen ... aber hey, das mit dem Pool wird langsam zur Tradition«, erklärte er.

»Diesmal habe ich dich nicht geschubst. Da war wirklich eine Biene! Dass du das wirklich wieder andeuten musst, ich ...«

»Hey, Hannah!«, bat er mich und lief durch das Wasser langsam auf mich zu. Der Ring funkelte immer noch in seiner Hand. »Willst du mich heiraten und so die Chancen bekommen, mich immer und immer wieder in den Pool zu bekommen?«

Ich unterdrückte ein Grinsen, nickte dann aber schließlich.

»Das will ich!«

Adrian strahlte mich an. »Wirklich? Du willst mich?«

Mit einem Ruck zog er mich zu sich und schon war ich auch im Pool. Jedoch trug ich schon einen Bikini, er eine Hose und ein Shirt.

Er küsste mich immer wieder und steckte mir dann den schönen Ring an. Er passte wie angegossen.

»Du wirst es niemals bereuen, Hannah! Niemals!« Und ich wusste, er sprach die Wahrheit.

Ende

# Nachwort

Adrian und Hannahs Geschichte entstand bereits 2015, direkt nach unserem Familienurlaub auf Rhodos. Die Insel hatte es mir einfach angetan, und ich hoffe, ihr hattet auch einen Moment des Fernwehs. Ich könnte jedenfalls direkt wieder in den Flieger steigen.

Ich bedanke mich bei meinem Team, das mittlerweile jedes meiner Bücher zu etwas Besonderem macht. Das Lektorat, die Korrektur, meine Testleser. Jede Seite ist durch eure Hände gegangen und somit seid ihr ein Teil von Adrian & Hannah.

Meiner Familie & Freunden gilt natürlich auch mein Dank.
Honey, ich liebe dich.
Anja, ich hoffe, du bist zufrieden mit mir ;-)
Ilias, verzeih mir, dass du die Frau nicht bekommen hast. Es kommen andere!

Genießt den Sommer!

*Eure Emma*